Karl Farkas
»Hut auf!«

Karl Farkas
»Hut auf!«

Gereimtes und Ungereimtes

Herausgegeben von Hans Veigl

Amalthea

Umschlaggestaltung: Wolfgang Heinzel
Umschlagfoto: Simonis, Wien
Herstellung und Satz: VerlagsService Dr. Helmut Neuberger
& Karl Schaumann GmbH, Heimstetten
Gesetzt aus der 12/12 Punkt Amsterdamer Garamont
Druck und Binden: Wiener Verlag, Himberg bei Wien
Printed in Austria
ISBN 3-85002-443-1

Inhalt

KEIN VORWORT

*Kurze Einleitung in die Zeit**

Von Neutitschein bis nach New York
Hat jeder Dichter *eine* Sorg':
Das Vorwort!
Denn ist ein Buch auch noch so klein,
Ein Umstand will beachtet sein:
Das Vorwort!
Drum folg' errötend ich der Spur
Und denk' konstant: Wer schreibt mir nur
Ein Vorwort?
Der Milden-Burgherr Hermann Bahr?
Oder ein halbes Göltze-Paar?
Klaus Mann? Dekobra? Harry Piel?
Der Walter Riehl?
Der Würstel-Biel?
Bevorworten dies kleine Werk
Gemeinsam Hitler – Armin Berg?
Bringt mir den Text im Reisekoffer
Rabindranath, der Ganges-Hofer?
Erhalt' ich tönende Tiraden
Von Goldfüllfederkönigs Gnaden?
Schreibt mir's mit anonymer Hand
Herr X, der Bruckner Ferdinand?
Führt mir der Vorwortsworte Keim
Voll Glanz Herrn Sternheims Stern ins Heim?
Nimmt Schnitzler sich der Sache an?
Remarque? Al Jolson? Thomas Mann?
Wird sich mein Steuer-Hofrat sträuben
Mir dieses Vorwort – vorzuschreiben?
Schafft's schön und hehr Herr Schönherr her?
Gott – fällt mir die Entscheidung schwer …!
Denn wähl' ich einen Star mir schon

---

* Zu den Titeln, Wort- und Personenerklärungen s. Kapitel Quellennachweise und Anmerkungen

Zur Einleitung als Schutzpatron
Und sag': »Sie sind dazu mir recht!«
Weiß ich erst recht nicht, ob er möcht'...
Und wenn er's netterweise tut,
Kann's sein, das Vorwort wird so gut,
Daß meines Büchleins Versemassen
Dagegen schemenhaft verblassen ...
Und wenn er wieder minder blendend
Und weniger Esprit verwendend,
Kurz, nicht so treffend absolut schreibt,
Daß man mir's, wenn er gut schreibt, gutschreibt,
Dann hab' ich armer Musensohn
Doch nichts als einen Schmarrn davon ...!

Verzagt sinn' ich am Dichtertisch,
Wie ich am praktischesten erwisch'
Ein Vorwort?
Da wird es mir auf einmal klar:
Am besten ist's, ich brauch' gar
Kein Vorwort ...!

Karl Farkas

LIEBES SPITZI!

Gereimte Liebesbriefe

Dem süßesten, kleinen, unbewußten Weib
(von ihrem 2. Ich.)

So denk' ich bei der Lampe Schein
Poetisch still – der Liebsten mein …
Ich fühl's, es hat mich ihre Pracht
Toll, glücklich, sanft und froh gemacht,
Zart, süß ist sie … Soll ich sie nennen?
Ich glaub', Du dürftest sie wohl kennen …?!

1914

*

Wien, den 20. Juli 1914

Liebes Spitzi!

Kaum warst Du fort, so fiel mir ein:
(Mein Antlitz färbt sich mit Blässe,
Die Haare sträuben sich meterhoch!)
Ich hatte nicht Deine Adresse!

Ich dachte mir: »So wird das Spitzi nun
Ohne Nachricht von mir bleiben,
Denn wenn ich keine Adresse weiß –
Ich bitte – wie soll ich Dir schreiben??«

Und so bestand schon die höchste Gefahr,
Daß Verzweiflung mich übermanne,
Da bot sich ein rettender Engel dar –
Der Engel war – die Marianne.

Denn als ich in meinem Zimmer heut' saß,
(Ich schrieb gerad' ein Chanson
Und suchte krampfhaft nach einem Reim)
Da klingelt's am Telephon.

Über diese Störung war ich gewiß
Nichts weniger als froh,
Doch trotzdem lief ich zum Apparat
Und brüllte natürlich »Halloh!«

Doch es war absolut keine Ursache da,
Daß ich mich so wütend ergrimme,
Denn ich vernahm durch das Telephon
Der Janny flötende Stimme.

Sie blickte mich an durch den Apparat,
(Wollt' mich dadurch wahrscheinlich bestechen)
Und sagte endlich, sie wünsche mir
Zu Haus etwas vorzusprechen.

Nachmittags war ich in der Wohnung bei euch
Mit der Janny ganz entre-nous,
Ich fragte sie höflichst nach ihrem Begehr
Und der Schnuki bellte dazu.

Doch der Glanzpunkt der Unterredung war,
– (Damit ich's ja nicht vergesse!)
Daß ich von der Janny dabei erfuhr
Deine hiesige Briefadresse.

Nun wußte ich, was ich gewollt!
Leichtfüßig wie ein Reh
Sprang ich empor und dachte mir,
Nur höchst befriedigt: »duliäh«.

Das Resultat uns'rer Konferenz,
Und wie dieselbe verlief,
Das zeige ich Dir lieber an
In meinem nächsten Brief.

Ich arbeite jetzt so Hals über Kopf
Mir will wenig Zeit übrig bleiben;
Das ist auch der Grund, warum ich noch nicht schick'
Die versprochenen Danksagungsschreiben.

Doch wenn Du sie jetzt dringend nötig hast,
So schreib' es mir – und auf mein Wort,
Ich setze mich sofort zum Tisch
Und schreibe sie Dir sofort.

In unserem Wien ist's öd und leer,
Wo immer man geh' oder sitze;
Das einzige, was sich bemerkbar macht,
Das ist die schreckliche Hitze.

Doch trotzdem schreib' ich so viel ich kann
Und rege die fleißigen Hände.
Ich hoff' in der nächsten Woche gelangt
Mein Einakter zu Ende.

So wird mir hoffentlich auch einmal
Des Ruhmes Lorbeer blühen,
Ich steige zum Olymp empor
Durch meines Geistes Mühen.

Dann tönt mein Name somit durch die Welt,
Dann häuft sich das Geld in der Sparkass',
Dann wird einst ein berühmter Mann
Dein treuer
Karl Farkas!

*

27. VII. 1914

Liebes Spitzi!

Die Rollen legte ich bei Seit',
Die Dichtermuse schwieg,
Ade, ade, du schöne Kunst,
Ich muß jetzt in den Krieg!

Ich habe an maßgebendem Ort
Über die Sache gesprochen;
Man sagte mir, ich müsse fort
Wahrscheinlich in ein, zwei Wochen.

D'rum ist es jetzo wirklich Zeit,
Daß ich mich zum Abschied bereite.
Ich nehme die Sache – was kann ich denn tun
Bloß von der heiteren Seite.

Und liege vielleicht auf dem Schlachtfeld ich,
Eine Kugel zwischen den Rippen,
Dann lach' dem Tod ich ins Gesicht,
Ein Witzwort auf den Lippen ...

Ja, nur recht zynisch, heiter, froh,
Sonst wird man leicht sentimental!
Also – von was anderm apricó:
Red' ma von Dir einmal:

Lern fleißig, liebes Spitzi, nur
Das wird Dir nützen und frommen.
Mit Freuden wär' auf einen Abstecher ich
Nach Karlsbad gekommen,

Doch diese Sache da mit dem Krieg
Will all meine Pläne vernichten;
Ich hab' mich das ganze Jahr so geplagt
Und muß auf Erholung verzichten.

Hoffentlich falle ich nicht im Krieg,
'S wär' schad' um mein junges Leben!
Und dann – ich hätte der Menschheit doch
Noch so viel Schönes zu geben!

Doch richtig! Halt, da fällt mir ein,
Getröstet bin ich im Nu:
Was *ich* der Welt nicht mehr geben kann,
Nicht wahr, das gibst ihr *Du*?

Doch ich bin wirklich sehr ungalant;
Ich spreche schon wieder von *mir*!
Ich schreibe doch nicht *mir* den Brief,
Ich schreibe ihn doch *Dir*!

Also: Bist Du in Karlsbad
Beim Hôtel »Pupp« wohl gern?
Singst Du infolgedessen stets:
»Pupp«chen, Du bist mein Augenstern?

Stürzt Du wohl schleunigst jetzt Dich
In den Vergnügungsstrudel?
Nährst Du von den Oblaten Dich,
Und von Karlsbader Sprudel?

Läßt immer noch das Kurkonzert
Disharmonien erschallen,
Und bist Du dann am Korso schon
Entsprechend aufgefallen?

Erhol' und amüsiere Dich
Im schönen Böhmen drüben,
Vergiß aber nicht von Zeit zu Zeit
Ein wenig auch zu üben.

(...)

*

Szeged, 21. VI. 1916

Mein liebes, süßes, kleines Spitzi!
(...)
Also ich strolchte und schlenderte, die Sonne ging und mein Herz ging auf.
Und da ergab sich folgendes:

Abendspaziergang

Es dämmert. Purpurn brennt der Abendhimmel
Ein Hauch von Liebe und Frühsommerduft;
Pärchen durchstreifen schläfrig-stille Gassen,
Und Fledermäuse flattern durch die Luft ...

Der Mond steigt auf und wandelt gütig lächelnd,
Als mein Begleiter sacht' den Weg entlang.
Er weiß, daß ich an Dich, Du Reine, denke
In Dämmerstundensehnsuchtsträumerhang ...

Aus einem Häuschen, rebenlaubumwunden,
Dringt jetzt Musik und trauter Lampenschein –

Man spielt auf einem schlechten Piano
Das Liedchen: »Lieb' mich – und die Welt ist mein ...«
Man soll nicht am Abend spazierngehen, was?
(...)
Denn es hat Dich ja so namenlos lieb

Dein Karl Farkas

*

Szeged, 26. VI. 1916

Mein süßes, geliebtes Spitzi!
(...)
Dein geliebtes Bild liegt eben vor mir auf dem Tisch:

Ich hab' ein kleines Bildnis
Links in der Tasche hier,
Das bleibet allerwege,
Wohin ich gehen möge,
Als Heiligstes bei mir.

Ein Märchenfeenbildnis
Voll süßer Zaubers Bann.
Beschau' ich's unter Tränen,
Werd' ich fast toll vor Sehnen,
Und schau's doch immer an ...

Es nimmt ein jeder Krieger,
Der in den Kampf gemußt,
Blinkende Panzerstücke,
Stahlplatten, starke, dicke,
Zum Schutz für Herz und Brust,

Heiligenbilder tragen
Soldat und Offizier.
Ich hab' ein kleines Bildnis
Links in der Tasche hier ...

Dein Karl Farkas

*

23. III. 1917

M(ein) s(üßes) s(üßes) L(ieb)!

Feldgraue Gewitterstimmung,
Alles öd' und leer
So daß so ein tücht'ger Angriff
Beinahe Wollust wär';

Schützengraben und Kanonen
Voll Melancholie
Und die blanken Silbersterne
Scheinen matt wie nie;

Doppelt zäh' der Mittagsbraten
Und die Suppe blaß;
Selbst des Hauptmanns ärgstes Wüten
Macht mir keinen Spaß!

Alles kommt mir ungelegen,
Alles geht heut' schief;
Und warum das? Wie? Weswegen??
»Wiederum *kein* Brief!«

Aus tiefstem Herzen

Dein Karl

*

Stellung, 29. III. 1917

Honvéds Frühlingslied!

Schon wehen Frühlingsdüfte
Die Scholle, Baum und Strauch,
Schon tönen Lerchenlieder,
Die Schwalben kommen wieder –
Doch die Granaten auch.

Schon zischt durch junge Herzen
Der Liebe süßer Hauch,
Und dies wird, wie alljährlich,
Den Menschen *sehr gefährlich!* –
Und die Granaten auch!

»Der Lenz ist da!« das fühlet
Wohl selbst der ält'ste Bauch;
Dies Wort in diesen Tagen
hat *zündend eingeschlagen!* –
Und die Granaten auch!!

Ich leg' in meiner Deckung
Ganz platt mich auf den Bauch:
»Oh Gott, Du Guter, – Lieber,
Wär' erst der Lenz vorüber, –
Und die Granaten auch!!!«

Herzliche Grüße

Dein Karl

*

Stellung, 31. III. 1917, 7 h abends

Ich sitz' in meinem Unterstand
Beim Abenddämmerscheine,
Und halte sinnend in der Hand
Das schmale rote Seidenband,
Das Deine.

Wie weit bin ich von Dir verbannt,
Du Liliengleiche, Feine,
Darum, statt Deiner zarten Hand
Streichle ich sanft im Unterstand,
Das schmale, rote Seidenband,
Das Deine …

Karl

*

Stellung, 12. IV. 1917

Mein süßes Lieb!

Wir saßen zu dritt in der Deckung,
Wir tranken ärarischen Wein,
Und bliesen Zigarrenrauchringe
In den dämmernden Abend hinein …

Wir gähnten. Dies teils aus Gewohnheit,
Teils mangels an Zeitvertreib
Wir sprachen von diesen und jenen,
Begannen mit Kriegsproblemen
Und schlossen – wie stets – mit dem Weib.

»Die Frauen«, sprach näselnd der Leutnant
Mit geistlos-blasiertem Gesicht,
»Sind Rätsel, parfümübergossen,
Erlebnisse, spitzenumflossen,
Doch vollwertig – ach – sind sie nicht!«

Der Fähnrich, ein blutjunger Knabe,
Errötete glühend sofort.
Er dacht' an ein Weib: seine Mutter …
Bezwang sich und sagte kein Wort.

So rauchten wir wiederum schweigend;
Der Leutnant, der Fähnrich und ich.

Ein Flieger durchsurrte die Lüfte
Ich schwieg und dachte an Dich …

Doch jeder von meinen Gedanken
Schuf sonnige Stunden zurück,
War wie ein liebkosendes Streicheln,
Ein sanftes Dichliebendumschmeicheln,
Ein stummes Gebet für Dein Glück …

Wir saßen noch lange beisammen
Und tranken ärarischen Wein …
Und draußen verglühte der Abend,
Die Mondnacht brach silbern herein …

Dein Karl

*

Stellung, 24. IV. 1917

Mein süßes Lieb!

(…)
Es ist mir unbegreiflich, daß die beiden Herren, trotzdem sie *Dir* (!) gegenübersaßen, nicht imstande waren, einige Verse zu schreiben. Mit sechs Zeilen wäre doch die Sache erledigt gewesen. Etwa so:

Verbunden (leider!) sind die Öhrchen
Dazwischen locken Lockenhärchen
Dein Lächeln zündet Herzen an,
Schlägt unbarmherzig uns in Bann!
Wie sagte Schiller einst so prächtig?
»Verbunden werden auch die Schwachen mächtig!«

(…)
Es küßt Dich innigst
Dein Karl

HOCHLÖBLICHE REDAKTION!

Lyrische Polizeiberichte

Karl Farkas als lyrischer Polizeiberichterstatter der »Bühne« wird nun vom nächsten Heft an im Stile des täglichen Polizeiberichtes die wichtigsten Lokalereignisse in Versform behandeln. Es ist überflüssig, unseren Lesern diesen ebenso lustigen Komiker wie witzigen Reimkünstler und Revuedichter erst vorstellen zu müssen.

Die Bühne, Nr. 65, 4. Februar 1926

Zeichnung von Sipos

Hochlöbliche Redaktion!

Ich kaue an der Feder,
Denn meines Pensums Portion
Ist zäh' wie Sohlenleder:
Ich soll nicht nur in Verseform
Zu Hauf' Geschichten schichten,
Ich soll mich auch noch nach der Norm
Von Polizeiberichten richten …
Die Aufgabe ist kein Genuß!
Mein Jammer schreit zum Himmel!
Heut' reit' ich nicht den Pegasus –
Ich reit' des Amtes Schimmel …
Die Leser sitzen wohl dabei
Gespannt auf ihren Sesseln,
Denn es versteht die Polizei
Das Publikum zu fesseln …

Also: Wie uns berichtet wird
Vom Dvorzak-Haus in Mödling,
Haust bösartig und ungeniert
Ein Klopfgeist dort als Schädling.
Darob ergrimmt entschied ganz scharf
Die Wohnungskommission,
Daß hierorts niemand klopfen darf –
Außer am Klopfbalkon …!
Doch haben sich die Geister
Nicht viel darum geschert.
Nun hat der Bürgermeister
Amtlich ihnen gewehrt!
Und seit der angebandelt,
Ist Ruhe – (wie es heißt),
Denn wird wo amtsgehandelt,
Erstirbt gleich jeder Geist …

Der Mörder Kundegraber
Zog einst nach Frankreich hin
Und keine Kunde gab er –
Doch trotzdem hat man ihn!
Ob der Verhaftungsszene
Ist man dortamts in Not,
Denn für Obristensöhne
Besteht Ausfuhrverbot ...!
Mancher Gesinnungsbrave
Erklärt entsetzensblaß:
»Auf Mord steht auch schon Strafe?
Nanu – was heißt denn das ...!«

Großzügig wie Herzmansky
Und Gerngroß aus Prinzip,
War Juwelier Moransky
Als Grand-Juwelendieb.
Es war durch Diebstahls-Posten
Sein Lager kolossal
Und die Gestehungskosten
Entsprechend minimal ...
Der Liebsten tat er spenden
Manch' Steinchen rot und blau
Und warf mit noblen Händen
Die Perlen vor die Frau ...

In Wien kann man jetzt sehen
Als höchste Sensation
Zwei Flimmer-Koryphäen
In eigener Person.
Ein Antlitz, ein geschwoll'nes
Hat mancher sich erkauft,
Der sich um Gunnar Tolnaes'
Pracht-Autogramm gerauft.
Die Nielsen ist als Gast da
Und lispelt tränenschwer ...
›Per aspera ad – Asta!‹
Denkt sich Direktor Beer.

Wien ist vergnügt und schwingt gar kühn
Die tanzbeschwingten Waden.
Man sieht bei Bällen und Revuen
Diverse Fleischparaden …
Es strömt das Volk von weit und breit
Zum »Ball der bösen Buben«
Und man vergißt im Kinderkleid
Die guten Kinderstuben.
Die Röckchen flattern schenkelfrei
Beim »Dreh« des Backfischnixes,
Großmütterchen scheint enkelfrei
Und »bluest« gleich jungen Schickses …

Dann gibt es jetzt eine Revue,
(Sie heißt »Journal der Liebe«)
So lustig, daß ich über sie
Gern' viele Seiten schriebe!
Der Grünbaum bringt manch' Schönes hier,
Der Neumann glänzt chromatisch,
Na, und der Farkas, der ist mir
Doch kolossal sympathisch!!!
Die Darstellung hat Grand Niveau,
Die Mise-en-scène desgleichen,
Und Fronz und Lischka können froh
Über den Bauch sich streichen …

In die Revue drängt jeder sich,
(Sei's noch so ein Verschnorrter!) –
Und mit dem Satz empfehl' ich mich
Als lyrischer Reporter.

Die Bühne, Nr. 66, 11. 2. 1926

Hochlöbliche Redaktion!

Aus meines Füllhorns Schale
Ergießen sich Berichte schon
Auf Sie zum zweiten Male.
Und alldieweil und sintemal
Viel Dinge unterliefen,
Ich mit gestockter Tinte mal'
Folgende Hieroglyphen:
Ereignisse, die dringend mich
Zur Wiedergabe mahnen,
Bewegen diese Woche sich
Fast nur auf Bühnen-Bahnen.
Wo finde bloß die Wörter ich,
Um zu reproduzieren,
Wie sie den guten Herterich
Betriebsrätlich sezieren!
Nämlich: das Wörtchen »Kündigung«
Ist Gift für Künstlernerven;
D'rum glaubt man der Entmündigung
Des Leiters zu bederfen …
Man malt Verschwörungsbilder (»Ha!«)
Rasch an die Wand al fresco.
Längst ist schon das Fiasko da –
Es fehlt nur der Fiesco …!
Doch amtlich kann kein Dramaturg
Wohl den Direktor streichen,
Denn er erklärte, aus der Burg
Nicht um die Burg zu weichen!

Wie soda bicarbonica
Das Beste für den Magen,
Ist Hans Müllers »Veronika«
Als Schlager nicht zu schlagen!
En-suite-Spiel war des Autors Zweck,
Weshalb er schleunigst herging
Und vom Staats-Burgtheater weg
Damit zu Doktor Beer ging.

So dient er nun dem andern ...
»Das Wandern, ja das Wandern
Ist stets des Müllers Lust ...!«

Mit seiner Gattin fuhr zu zwein
Durch Hietzings mieße Trift
Der Komiker Ernst Tautenhayn
In seinem »Gräf & Stift«.
Das Fahrzeug kam ins Werfen
Vor einem Leitungsblock –
Ihn kostet's ein Schock Nerven,
Sie einen Nervenschock ...
Ja, Unfälle sind immer
Für Wagenlenker Gift –
Das Auto ging in Trümmer –
Vom »Gräf« blieb kaum ein Stift ...

Des Mussolini Urgewalt
Zog oft schon Konsequenzen,
Doch was er jetzt sich ausgemalt,
Geht – über alle Grenzen ...
Und schreit auch der Faschisten Chor
Besoldet: »Ave Cäsar«,
Die brave Wacht am Brenner-Tor
Flucht: »Himmelkruzinesar!«
Der Süd-Tiroler zieht die Stirn
In wilde Zornesfalten
Und grollend tönt's vom Gletscherfirn:
»Dös wird si' net lang' halten ...!«
Mit dem Cäsarengeist ist's Schluß!
Das ahnt schon jeder Kenner ...
Und hat man keinen Spiritus,
Was braucht man einen Brenner ...?

Behäbig hatscht dem Ende zu
Der alte Wiener Fasching ...
Er brachte uns wohl manchen Clou,
Doch keine Überraschung.
Zwar: Es verscheucht durch Jazzband-Laut

Die Fastnachtsnacht die Sorgen,
Doch wenn dann trüb der Morgen graut,
Dann graut uns vor dem Morgen …
Noch freut man sich im grellen Licht
Bacchantischen Getues –
Doch gegen Dalles helfen nicht
Die Shimmys und die Blues …
Es währt noch einen Augenblick,
Dann ist der Rausch zu Ende,
Die leere Tasche bleibt zurück
Und eine Damenspende …
Vielleicht auch noch ein Blumenstrauß,
Ein welker, längst verdorrter …
Unausgeschlafen schleicht nach Haus
Ihr lyrischer Reporter …

Die Bühne, Nr. 67, 18. 2. 1926

Hochlöbliche Redaktion!

Sie mahnen mich ans Schreiben
Und so wird mir, das merk' ich schon,
Nichts andres übrig bleiben.
Doch durch das eisenharte »Muß«,
So streng und unnachsichtig,
Wird auch der schönste Musenkuß
Nur schal und äußerst flüchtig.
Dadurch ist für Reporterhand
Das Dichten wirklich schwierig,
Es fehlt nicht nur der Tatbestand,
Es mangelt auch die Lyrik!
Es schlägt der Stillstand der Saison
Dem Dichterfleiß ein Schnippchen
Und über mich lacht höhnisch schon
Der Geist des alten »Wippchen« …

Ich ließe gerne unbedingt
Manch' schönen Fall vom Stapel,
Ich schriebe, wenn der »Abend« sinkt,
Von Schultze und Mohapel,
Ich trachtete gewandten Stils
Mich durch das Blatt zu schlängeln
Und schrieb' vom Match der Helen Wills
Mit der Susanne Lenglen …
Von Mussolinis Machtgefühl
Wüßt' ich gar viel Geschichten
Und könnte auch noch (wenn ich will)
Von »Franc«-tireurs berichten …
Ich schriebe von der Stagnation,
Vom trüben Grau des Alltags,
Von der Chauffeure Aversion
Gegen die Minimaltax' …

Es fiel mir wohl noch manches ein
Für Ihre werten Blätter,
Doch durch mein Fenster lacht herein

Das schönste Frühlingswetter ...
Da ahnt die Dichterphantasie
Schon bunte Blumentupfen,
Ich fühl' die erste Harmonie
Und krieg' den ersten Schnupfen,
Ich weiß, daß ich zu vorschnell bin,
Denn morgen schon kann's schneien,
Doch heut' fühl' ich den Lenzbeginn
In allen Innereien.
Ich lieg' in Einsamkeit zu zwei'n
Auf lenzbetauten Wiesen
Und muß die Sach' im vorhinein
Genießen und beniesen ...
Gar lieblich klingen mir im Ohr
Die Töne der Schalmeien,
Ich sehne mich nach Blütenflor
Und Wedekindereien ...
Vom Schreibtisch wendet schleunigst sich
Mein Blick, mein tauumflorter –
Und äußerst kurz empfehl' ich mich
Als lyrischer Reporter.

Die Bühne, Nr. 68, 25. 2. 1926

Hochlöbliche Redaktion!

Ich denke wohl, es frommt nichts,
Wenn ich bei Sonn' und Regen wart'
Auf Tatsachen der Gegenwart,
Und siehe da – es kommt nichts!

Daß Herterich jetzt wieder bleibt,
Weiß so wie so ein jeder.
Im Blätterwald am Zeitungsstand
Schon alles von Bedeutung stand!
Drum taugt's nicht für die Feder …

Der Namen aktueller Glanz,
Ist auch gar bald erloschen.
Zum Beispiel das Wort »Windischgrätz«.
Der Mummelgreis schon kindisch kräht's
Und nennt es »abgedroschen«.

So mach' ich mich denn auf den Weg
Und such' Reporterstoffe –
Kann sein, daß mir die Streife frommt,
Und mir grad' das entgegenkommt,
Worauf ich wartend hoffe …

Nun geh' ich nächtlich durch die Kärntnerstraße
Und spintisiere still für mich.
In lichtreklamumflutetem Betriebe
Verschleißen Mägdlein reduzierte Liebe
Und stehen sinnend am Gedankenstrich …

Im Nachtlokal blickt sorgenvoll der Ober
Auf sein vorgeblich weißes Oberhemd.
Er seufzt in Intervallen, in ganz kurzen,
Denn keine Wurzen läßt sich jetzt mehr wurzen,
Und jeder Fremde bleibt uns heute fremd …

Allvater Grünbaums Pavillon entströmen,
Lobsprecher seiner Kunst in dichtem Chor;
Politisierend schwanken alte Drahrer,
Sie lallen 'was von »Ramek« und von »Ahrer«,
Und auch der Name »Breitner« dringt ans Ohr ...

Um zu soupieren schreit' ich leichtbeflügelt,
Durch die Arkaden hin zum Würstelstand.
Beim Dämmerschein des Opernkandelabers
Genieß' ich Reste eines Meeting-Trabers,
Der hier sein tristes Ende fand ...

Die Blumen-Toni hüpft mit ihren Gaben,
Bekopftucht unter Dämchen her und hin –
Sancta Concursula blickt auf uns nieder,
Der Pleitegeier schüttelt sein Gefieder
Und krächzt vergnügt: »Das ist mein Wien ...!«

Trotzdem lebt mancher besser,
Als einst vor dem Kriegs-Malheur.
Man schimpft über die Dalles-Ära,
Fährt seufzend dann an die Riviera,
Und weilt bekümmert dort als Grand-Seigneur ...

Ich aber schließ' ironisch jetzt,
Die lyrische Betrachtung:
Ich bin ein armer Dichtersmann,
Und was man sich nicht leisten kann,
Das straf' ich mit Verachtung ...

So sitz' ich hier verachtungsvoll
Als Jüngling, als verschnorrter –
Denn, löbliche Redaktion,
Du weißt es, was verdient man schon
Als lyrischer Reporter ...?

Die Bühne, Nr. 69, 4. 3. 1926

Hochlöbliche Redaktion!

Eins ist mir nicht ganz klar:
Vorbei ist längst der Erste,
Vor Ungeduld ich berste:
Wo bleibt mein Honorar …?

Zwar ist mein alter Pegasus
Ein Gaul, ein treuer, braver;
Doch bleibt auch noch so anspruchslos
Mein ungezäumtes Musenroß –
Es sehnt sich doch nach Hafer!

So harr' ich denn vertrauensvoll
Auf möglichst rasche Sendung!
Indes ich warte auf die Gage,
Schreib' ich die Wochen-Reportage
In herrlichster Vollendung:

Es kam schon wieder vor's Gericht
Ein Fälschungsfall, ein krasser,
Denn es erzeugte frisch, fromm, frei
Stets die Germania-Molkerei
Nur Milch vom reinsten Wasser …

Doch geht auch dieser Mischprozeß
Durch sämtliche Instanzen,
Der Fall steht nicht vereinzelt da:
Im großen Reich Germania
Gibt's auch viel Mischkulanzen …!

Der Wiener aber hört's nicht gern
In allen Fugen krachen.
Was schert uns die Gewitterwolk'?
Wir bleiben ein Phäakenvolk:
Der Ramek wird's schon machen …!

Es spricht der gute Herterich,
Als ihn der Streit umflammte:
»Laßt sehen, ob ich's minder kann
Als dieser Doktor Kindermann!«
Und blieb in seinem Amte.

Gottlob wird auch dem Opernhaus
Erfreuliches beschieden,
Denn ist auch die Verkalkung groß,
Sind wir nur die Verschalkung los –
Dann bin ich schon zufrieden!
Es weht ein leiser Frühlingshauch
Durch Interessensphären ...
Im Leben und der Bühnenkunst
Erhofft man (manchmal umasunst)
Die besten Premièren.

»Banknoten« hieß ein neues Stück,
Modern und stimmungsschwanger,
Doch Felix Langers Geistesstrahl
Erschien im ganzen nur einmal!
Es war ein kurzer Langer ...

So stand bisher denn die Saison
Im Zeichen der Negierung;
Doch nun naht vielverheißend schon
Die Operettungs-Aktion
Zum Zweck der Selbstsanierung ...

Im Jenseits denkt Napoleon,
Der hehre Bannerträger:
»Einst floh die Beresina ich,
Jetzt braucht die Theresina mich,
Und Konsul Miksa Preger ...«

Es herrscht gedämpfte Traurigkeit
In allen Nachtlokälern,
Denn es ist nicht sehr amüsant,
Wenn sich die Einnahmen konstant
Verbreitern und verschmälern ...

Und da zum Thema »Einnahmen«
Der Dichtkunst Pfade führen,
Muß ich, verehrte Redaktion,
Zum zweiten Male leider schon
Den wunden Punkt berühren:

Es sehnt sich nach dem Honorar
Mein Säckel, mein verdorrter ...
Und kommt kein Geld, – verzicht' ich d'rauf
Und hör' spontan zu wirken auf
Als lyrischer Reporter ...

Die Bühne, Nr. 70, 11. 3. 1926

Hochlöbliche Redaktion!

Damit ich's nicht vergesse:
Ich schreibe diese Zeilen noch
Zur Zeit der weiland Messe.

Zu desem Zwecke hat man sich
Viel Fremde hergebeten;
Die Burgenländer namentlich
Sind kolossal vertreten!

Auch drängen Gents aus Neutitschein
Sich vor den Messe-Boxen;
Aus Ungarn trafen gleichfalls ein
Diverse Horthydoxen …

Wien macht sein freundlichstes Gesicht
Zu dem Klimbim – indessen
Wir können uns noch lange nicht
Mit andern Messen messen …!

Pech hat Direktor Preger in
Der Wahl der »Teresina«
Die Titelrollenträgerin
Lag krank an der Angina.

Und die »Borg«hese türmt ergrimmt
Beschwerden jetzt zu Hauf',
Bei solchem Wirbel hört bestimmt
Die Gmütlichkeit sich auf …

Ein derartig' Malheur vergällt
Wohl selbst den schönsten Treffer!
Das Geld lenkt nach wie vor die Welt –
Da liegt der Has' im Pfeffer …

Ein Zirkusfest schuf Sympathie
Den Schauspielern (den besten!)
Mit schönen Gesten standen sie
Vor all den schönen Gästen.

Sie übten im Artistenkleid
Im Reiten sich und Rennen
Und zeigten voll Beharrlichkeit
All das, was sie nicht können ...
Die Volksoper verschrieb sich prompt
Als »Butterfly« 'ne Diva
Und da sie aus dem Osten kommt,
Nennt sie sich Teiko Kiwa.

Sie spricht chinesisch (?) äußerst flink,
(Ihr Ausseh'n ist japanisch)
Und scheint mir so ein Mittelding
Von Kurz und Polly Janisch ...

Ein Gast besonders interessiert
Den Wiener jetzt: – die Grippe ...!
Nicht Neuigkeiten kolportiert
Die schnupfenrauhe Lippe;

Wen kümmert noch der Ungarnfranc
Gesinnungsbraver Horden,
Wen kümmert's, ob Monsieur Briand
Voll Charme gegangen worden,

Wen schert es, wer in Temesvár
Politisch zahlt die Zeche
Und ob in Wien der Benesch war,
Der liebe Ultra-Tscheche ...?

Zur Zeit hat alles dies für Wien
An Reiz enorm verloren;
Man schwärmt nur mehr von Aspirin
Und heißen Thermophoren ...

Ich inhaliere, luftberaubt,
Die Schnupfenzeit verfluchend,
Und hüll' mein krankes Dichterhaupt
In meines Lagers Tuchent.

Ein letztes Mal streift noch den Raum
Mein Blick, mein feucht-umflorter …
Ich bleib' ergebenst selbst im Traum
Ihr lyrischer Reporter.

Die Bühne, Nr. 71, 18. 3. 1926

Hochlöbliche Redaktion!

Gar viel Berichte schrieb ich schon …
Auch heute zieh' ich Konsequenzen
In höchst gedämpften Moll-Kadenzen,

Denn sehr betrüblich ist das meiste,
Was ich zu schreiben mich erdreiste:
Besonders rachmonistisch naht
Der Messe trübes Resultat.

Zwar gab's viel Aufseh'n in der Zeitung,
Gab's Dalles mit Musikbegleitung …
Und trotzdem hat man schmerzzerissen
Die Messen-Massen missen müssen …

In Genf inzwischen viel beraten
Die diplomierten Diplomaten,
Doch was man spricht am grünen Schmäh-Tisch
Ist vorderhand nur theoretisch.

Es singt Briand Versöhnungspsalmen
Und wandelt unter Friedenspalmen,
Herr Chamberlain trägt Unschuldslilien –
Doch in der Praxis spricht Brasilien …

So ist nach eitlem Wortgefecht
Kein Völkerrecht den Völkern recht.
Wenn Deutschland naht, sperrt man im Nu
Die Völkerbundeslade zu …

Es sprach beseelt die Wiener »Ravag«:
Manch' großes Werk ich hie und da wag'
Und lass' Konzert und Opernszenen
In Meistertönen meist ertönen …

Doch mancher Abonnent meint schüchtern,
Daß trotz Bert Silving und Hans Nüchtern
Noch viel zu wenig werd' geboten
Den vielgeliebten Radioten.

D'rum sucht man Staatsopernverbindung
Für aller Hörer Hörermündung
Und schafft 'nen Kunstgenuß, 'nen schnellen
Auf schallbeschwingten Dauerwellen.

Hingegen haust im Burgtheater
Höchst unwirsch der Zensurberater,
»L'Aiglon« zum Beispiel scheint politisch
Für jeden Rotstift äußerst kritisch!

Deshalb fand mancher kühne Streich statt
Gegen den jungen Herrn von Reichstadt,
Und fraglich ist's, ob wir's erleben,
Daß man den »Jungen Aar« sieht schweben.

Vielleicht, daß man als letztes Mittel
Zu ändern noch versucht den Titel
Und bis ins Letzte konsequent
Das Stück »Der junge Aarier« nennt ...?

In Wien, da führen gottergeben
Die Hunde jetzt ein Hundeleben:
Nicht nur in volksbelebten Gassen
Will man sie an der Leine lassen,

Nein, auch entfernt von allen Häuserln
Versagt man ihnen freies Äußerln ...
Sie heulen mit empörtem Blick:
»Ist das die freie Republik ...?«

Es brachte uns der Doktor Beer
Des »Frohen Weinbergs« Première.
Das Stück ist wirklich äußerst rheinisch
Und ohne Kleist-Preis wär' es schweinisch ...

Man sieht (was mich besonders packte)
In jedem Akte viele Akte …
Weil sich mit fröhlicher Gebarung
Die Paare unterziehn der Paarung.

Voll Neid sieht man den Dichter glänzen
Im Kraftbewußtsein der Potenzen …
Und drückt uns manches auch gemein:
Am schönen Rhein ist alles rein …!

Auch Chaplin, der berühmte Charlie,
Uns sein bewährtes Können darlieh.
Im »Goldrausch« siegt er, leicht wie immer,
In seiner Welt von Film und Flimmer …

Ich folgt' ihm auf verschneitem Wege
Und sachte ward ein Wunsch da rege:
Könnt' ich wie er, den Pfad ergründen,
Recht, recht viel Gold im Nu zu finden,

Dann schrieb' ich Ihnen: Ich verzichte!
Ein and'rer schreibe die Berichte!
Ich bin nicht länger Ihr verschnorrter,
Geplagter, lyrischer Reporter.

Die Bühne, Nr. 72, 25. 3. 1926

Hochlöbliche Redaktion!

Ich falte stumm die Hände:
Denn die Zensur, das merk' ich schon
Ist nah' dem späten Ende ...

Beschnitten hat sie fort und fort
Des Musenrosses Schwingen,
Verboten jedes freie Wort,
(So à la Berlichingen ...).

Man las die Werke, schwungberaubt,
Durch kritische Monocles;
Stets schwebte über'm Dichterhaupt
Der Rotstift des Damokles.

Zwar war dies meistens kein Malheur
Für Goethe und für Schiller,
Doch störte es die Mädchen sehr
Von Jackson und von Tiller.

Der Zensor war stets da im Nu,
Mit scharfem Schnabel hackend,
Und deckte Feminines zu,
Das allzu packend nackend ...

Nur manchmal war er strichesmüd'
Und sprach: »Ich muß gestehen:
Wenn ich jede Schweinerei verbiet' –
Wohin soll ich dann abends gehen ...?«

Gewerkschaftlich sich jetzt die Girls
Aller Revuen rühren,
Um ihre schlanken Bambusröhrls
Stramm zu organisieren.

Wer da nicht mitgeht, ist ein Lurch,
Ein grämlicher, verschrullter,
Ich halte mit den Mädels durch
Und zwar – Schulter an Schulter …

Alljährlich, wenn im schönen Lenz
Die Bäume blüh'n im Prater,
Versuchen eine Zwangsfrequenz
Die hoffenden Theater.
Doch durch den Schlager der Saison,
Den allerneu'sten Kálmán,
Vergißt auf and're Bühnen schon
In diesem Fall total man!

Den Hörern zwar von »Was ihr wollt!«
Behagt als »Narr« der Moissi
Und Beifall haben auch gezollt
Dem vielgerühmten Goi sie,

Doch mitten im Applaus der Schar
Sprach ich ganz still zu mir:
»Der Moissi ist bestimmt kein Narr;
Er hält uns nur dafür …«

Der Lenz ist da! So sang vergnügt
Der gute alte Hildach.
Der Sommerstrahlen Schimmer liegt
Auf jedem Domizildach.

Auf einen »Er« hofft jede »Sie«
Und übt Gefühlsverschwendung …
Sogar der Grünbaum blüht wie nie
In herrlicher Vollendung …

Wenn sternenhell der Himmel prunkt,
Rührt jeder Mann die Hände
Und schafft zu zweit den Ausgangspunkt
Für künftige Alimente …

Und küßt er auf der Stadtparkbank
Mit taubedeckter Lippe,
So fühlt er den Vermehrungsdrang
Und tags darauf die Grippe ...

Nach außen ist es zwar noch März,
Doch innen ich den Mai trag'.
Ich öffne weit mein Dichterherz
Und schließe meinen Beitrag.

Ich pflück' mir einen Blütenzweig
(Und sei's auch ein verdorrter)
Und lege mächtig mich ins Zeug
Als lyrischer Reporter!

Die Bühne, Nr. 73, 1. 4. 1926

Hochlöbliche Redaktion!

Ich folge Ihrer Mahnung,
Trotzdem mich der Bericht heut' quält,
Weil mir dazu das Sitzfleisch fehlt
Infolge Frühlingsahnung …

Es lockt mich meine Phantasie
In bunter Wünsche Irrgang –
Statt hier zu schreiben, macht' ich gern'
Gleich Faust, dem hochgelahrten Herrn,
Zu Ostern 'nen Spaziergang!

Ich sehne mich nach Blütenduft
Und Lenzespanorama –
Entschwunden ist der Dichterfleiß;
Ich packe für die Osterreis'
Notizbuch und Pyjama …

Statt des Berichtes schrieb' ich gern:
»Ich hab' nichts zu berichten!«
Doch leider drängt das harte »Muß«,
Weil Sie auf den Reporter-Schmus
Selbst Ostern nicht verzichten.

So küßt die Muse mich expreß
(Ich hab' sie drum gebeten)
Und fabriziert auf eins-zwei-drei
Trotz Mazzesfest und Osterei
Rapport der Novitäten:

Zirkusprinzessin heißt das Kind,
Das Kálmán jüngst geboren
Und das, ich sag' es frei heraus,
Direktement ein Götterschmaus
Für Augen und für Ohren.

Bewundernd blickt auf Marischkas
Herzbrechende Gestalt man,
Die Fischer ist charmant wie nie
Und meine vollste Sympathie
Gehört (ach!) Elsie Altmann …

Auch sonst gibt's am Theatermarkt
Erhebliches Getue.
Man sehnt nach Geld sich und Applaus,
Man zieht sechs Mädels möglichst aus
Und nennt das dann Revue …

Zwei neue Direktoren spie
Aus der Vergnügungskrater:
Fritz Grünbaum führt, vereint mit mir,
Nächste Saison als Lustrevier
Das Wiener Stadttheater.

Seit Jahren wirken wir zu zweit
(Getreu dem alten Schwure!)
Auch unter neuem Himmelsstrich
Entfalten wir wohl hoffentlich
Verständnis und Gewure …

Die Ravag bracht der Hörerschar
'ne Sensation, 'ne »echte«!
Im Radio spielt Richard Strauss! –
Nur in der Oper bleibt er aus,
Weil es der Schalk so möchte.

Der dirigiert (nicht nur am Pult)
Die Rache diplomatisch.
(Wie freut sich drob das Defizit!)
Daß er dem Breitner ähnlich sieht,
Macht ihn erst recht sympathisch …

Was sonst ich zu berichten hätt',
Laß' ich für nächste Woche.
Für heute ist auch dies genug.
In zehn Minuten fährt mein Zug
Mich in Urlaubs-Epoche.

In Osterfreuden schwelgt mein Blick,
Mein frühlingstraumumflorter –
Ich setz' die Reisekappe auf –
Zum Bahnhof eilt in raschem Lauf
Ihr lyrischer Reporter.

Die Bühne, Nr. 74, 8. 4. 1926

Hochlöbliche Redaktion!

Ich sitz' hier wie einst Wilson
Und durch mein Fenster lacht voll Hohn
Die herrliche Aprilsonn' ...

Es regt sich schon in Wald und Flur
Im höchsten Grade lenzlich.
Doch ist dies für die Konjunktur
Des Städters äußerst brenzlich.

Es raunt ein klagendes Gestöhn'
Durch's Frühlingsparadies:
»Oh Gott – die Sonne scheint so schön,
Die Zukunft, die scheint mies ...!«

Man sieht, mit dünnem Lenzeskleid
Verhüllt, der Formen Torso,
Die Leiblichkeit der Weiblichkeit
Ganz deutlich auf dem Korso.

Viel zeigt dem Auge jeder Schritt
(Oh tempora, oh mores!)
Manch' unbedecktes Defizit
Gemahnt an alte Zores ...

Ein Hungerkünstler kam hier an,
Um seiner Kunst zu fröhnen.
Er zeigt uns, wie man fasten kann,
(Ein Kurs zum Angewöhnen!)

Ich halte es für eine Qual,
Wenn einer diese Plag' hat,
Daß er gar vierundvierzigmal
En suite Versöhnungstag hat.

In einem Glashaus, äußerst knapp,
Der Ärmste etabliert ist.
Und er gewöhnt sich alles ab,
Bis er total saniert ist ...

Man spielt den »Hamlet« jetzt im Frack
Als neues Sittendrama.
Des Königs Geist trägt Chapeau claque,
Laertes ein Pyjama ...

Man sieht, wenn nur so weiter haust
Der Mise-en-scène-Baldower:
In Knickerbockers geht der Faust,
Das Gretchen im Pull-over!

Ping-Pong spielt Hero ungestüm
Und Julia gibt Jours,
Don Carlos geht im Schwimmkostüm,
Der Direktor in Konkurs ...

Einhundertfünfzig Jahre zählt
»Die Burg« jetzt (unbeschrien!)
Manch' Ehrenzeichen auserwählt
Den Mimen ward verliehen.

Infolgedessen murrt und grollt
Das Korps der Mißvergnügten,
Weil jeder eben das gewollt,
Was just die andern kriegten!

Oh Kammermimen, stellt doch ein
Die wütenden Gebärden!
Ein Star muß ausgezeichnet *sein*,
Er braucht es nicht zu *werden* ...!

Der Biergenuß wird jetzt zum Hohn,
Weil jeder Trinker stier wird,
Denn unerschwinglich teuer schon
Beim Bierwirt heut' das Bier wird!

Der Durstigen Alarm-Protest
Trifft da nur taube Ohren,
Denn hier ist (was sich denken läßt)
Hopfen und Malz verloren ...

Der Nasen strahlend Rot wird blaß –
Lebt wohl, ihr Gallensteine!
Den Schwasser labt nicht mehr das Naß
In schaumgekrönter Bräune ...

Dem Bier entsaget voll Respekt
Mein Gaumen, mein verdorrter.
Es trinkt ab heute, nebbich, Sekt
Ihr lyrischer Reporter ...

Die Bühne, Nr. 75, 15. 4. 1926

Hochlöbliche Redaktion!

Entsetzlich ist nur eins:
Man sagt zur Muse: »Geh' ma!«
Man sucht nach einem Thema
Und findet nebbich keins ...!

Wenn man auch mit dem Dichterhaupt
Gen alle Wände rennt
Durch eine flaue Woche
Erweist sich die Epoche
Als völlig impotent ...

Oh, lebte noch Napoleon,
Der Film-Star der Geschichte!
Ich folgt' errötend seiner Spur;
Er liefert' wohl nicht Schlachten nur,
Nein, Stoff auch für Berichte!

Und könnt' noch mit Columbus ich
Das Weltenmeer durcheilen,
Entdeckte ich als kühner Gauch
Nicht nur Amerika, nein, auch
Zumindest neunzig Zeilen ...

Doch wandeln diese Themata
Längst nur okkulte Wege,
Weshalb ich, wie ich eingesteh',
Mich als versierter Routinier
Auf's Schwefeln heut' verlege:

Wien wird jetzt Großstadt unbedingt!
Ertönt es voll Emphase.
Damit man mit der Ordnung prahlt,
Hat man uns Striche hingemalt
Auf den Asphalt der Straße.

»Fußgängerstreifen« heißt die Norm,
Die jetzo ausprobiert wird,
Wodurch das Wiener Trottoir
(Das Einzige, was frei noch war)
Behördlich rayoniert wird.

In uns'rer alten Kärntnerstreet
Auf Streifen nur verkehrt wird.
Die Mädchen murren fürchterlich,
Das geht ihnen gegen den Strich,
Weil ihr Verkehr erschwert wird!

So rief denn der Hetärenrat
Mit ungewohntem Feuer:
»Genossinnen! Streikt alle hier!
(Hört! Hört!) Wozu bezahlen wir
Die Warenumsatzsteuer?«

Es braust ein Ruf wie Donnerhall
Von Washington bis Brünn:
»Fallt auf die Knie und schreit Hurrah!
Die große Mizzerl Jeritza
Ist wiederum in Wien!«

Als sie von uns einst Abschied nahm,
Wie seufzten wir beklommen!
Sie fuhr so unwirsch nach New York,
Seither war meine größte Sorg':
Wie wird sie wiederkommen?

Nun ist sie da und nimmt viel Geld
Mit huldvoll-milden Gesten.
Gleich Lohengrin mit seinem Schwan
Zog sie auf schätzeschwerem Kahn
Her aus dem gold'nen Westen ...

Ich fühl' in meinem Innern schon
Der Neugier heimlich Jucken:
Steigt wohl der Sitzpreis tausendfach?
Mit wem gibt's wohl den ersten Krach?
Und wer wird diesmal spucken ...?

Die Bäume blühen konsequent
(Laut Schlagerlied!) im Prater ...
Ein jedes Mädchen hofft ab März,
Gar voll ist jedes Jünglings Herz
Und leer sind die Theater ...

Manch' Pärchen zieht ins Freie jetzt,
Den Lenzesbund zu feiern –
Und Stadtrat Breitner sinnend spricht:
»Kann man dem Treiben steuern nicht,
So – könnt' man's doch besteuern!«

»Dann würde mich die Stierität
Der Bühnen nicht verdrießen.
Ich holte mir zur Frühlingszeit
Die Steuern für die Lustbarkeit
Auf nächtlich-stillen Wiesen ...«

Ein Hungerkünstler hat bislang
Gefastet voll Effekt.
Jetzt tuen's ihm schon and're gleich:
In diesem Punkt hat Österreich
Nun sein Talent entdeckt ...

Ich fühle großes Mitleid mit
All den Jom Kippur-Knaben
Und ein Problem durchkreist mein Haupt:
»Is's Hungerkünstlern wohl erlaubt,
'nen Mitesser zu haben?«

Nein, *der* Berufszweig wär' für mich
Ein gar zu arg verschnorrter!
Das Hungern kriegt der Mensch bald satt.
Da bleib ich lieber noch beim Blatt
Als lyrischer Reporter!

Die Bühne, Nr. 76, 22. 4. 1926

Hochlöbliche Redaktion!

Ich jubilier' nach Noten:
Begeistert schwenk' ich meinen Hut;
Jetzt geht's uns Wienern endlich gut:
Das Hungern ist verboten!

Nie darf das P. T. Publikum
Um Glaskästen mehr lungern,
Denn wenn in uns'rer lieben Stadt
Auch mancher nichts zu essen hat,
Er darf trotzdem nicht hungern!

Der »Nicky« war der Ausgangspunkt
Zu dem Entrüstungstrubel.
Der schrie verzweifelt himmelwärts:
»Das Fasten ist kein Fastnachtsscherz –
D'rum mach' ich Schluß mit Jubel!«

Die Abstinenz bekam er satt,
Die Magenwände juckten
Und er zertrümmert' vehement,
Die Käfigscheibe die ihn trennt'
Von Neugröschls Produkten …

Jetzt sitzt er wieder frohgemut
Beim Mittags- und beim Teetisch,
Was ich direkt erfreulich find'
Und da ich gerne Zeilen schind',
Wer' ich sogar prophetisch.

Vielleicht kommt auch für Österreich
(Trotz starken C-Befundes)
Die Stunde, wo es ausbricht wild
Und seinen leeren Magen füllt
Am Tisch des Völkerbundes …

Im Ronacher, da murrten jüngst
Die Vorstände verdrossen:
»Die Günther und den Feldhammer,
Doch leider Gott's ka Geld hammer!
D'rum wird das Haus geschlossen!«

Doch weil der Stätte Financier
Wohl kein heuriger Has' is',
Beschloß man frisch und froh nachher:
»Wir spielen jetzt im Ronacher
Auf neuer Teilungsbasis!«

Mir scheint die Rettungsaktion
Noch (ach!) zu kleinkalibrig.
Ich wünsch' das Beste unverweilt,
Doch wenn man, was man nicht hat, teilt,
Bleibt, fürcht' ich, nicht viel übrig …

Was rennt das Volk? Was wälzt sich dort
An allen Straßenecken?
Hört ihr es wimmern hoch vom Turm?
Es will die Glocke uns zum Sturm
Auf Wecken-Bäcken wecken …!

Es braust ein Ruf wie Donnerhall:
»Im Preise steigt die Semmel!
Sie wird (Warum? Weshalb? Wieso?)
Bald teurer sein als ein Gâteau
Bei Gerstner oder Demmel!«

Was ist der Grund der Teuerung?
Das Feuer brennt doch willig!
Es streikt schon lang' nicht das Gesind'
Und auch der Müller und sein Kind,
Die mahlen rasch und billig!

D'rum rüste jeder sich zum Kampf
Um Striez' und Kipfelzipfel,
Begeistert rufe Jung und Alt:
Wer für ein Kipfel mehr bezahlt,
Ist selber nur ein Kipfel ...!

Daß Konrad Veidt bei uns zu Gast,
Muß ich als nächstes melden.
Gar manche filmbetörte Maid
Drängt sich im Veitstanz um den Veidt,
Der Holden holden Helden ...

Zwar einwandlos, doch leinwandlos
Stellt er sich diesmal ein;
Mir schien der Abend etwas kalt –
Es wirkte Konrads Lichtgestalt
Vor ziemlich – lichten Reih'n ...

Der Amundsen schifft nordpolwärts
Auf seinem Luftschiff »Norge«.
Es ist, daß er trotz Gegenwind
Den Weg zu den Polariern find',
Des forschen Forschers Sorge ...

Bald über Grönland fliegt sein Blick,
Sein eiseshauchumflorter ...
Er nimmt die Meilen wie ein Blitz;
Ich nehme nur davon Notiz
Als lyrischer Reporter.

Die Bühne, Nr. 77, 29. 4. 1926

Hochlöbliche Redaktion!

Ich sitze hier und denke,
Wie ich der stieren Nachsaison
Noch ein paar Pointen schenke.

Da fühl' ich jäh den Musenkuß,
Mir wird im Hirn so eigen ...
Und schleunigst tanzt mein Pegasus
Den längst gewohnten Reigen.

Ein wilder Streik brach meuchlings aus
Im Reiche des Gambrinus,
Was für manch' feuchtes, »altes Haus«
Ein unerhörtes Minus!

Der Bierboykott will höchst gemein
Die braven Sumper quälen.
Deshalb hört man sie Veto schrei'n
Aus durstig-heisern Kehlen ...

Es murmeln bang und gramerfüllt,
Die Lippen, die behaarten:
»Es braucht ein Streik, wenn er auch wild,
Nicht gleich so auszuarten ...!

Schenkt uns der Himmel zum Boykott
Den Hopfen und die Gerste?
Als Bürgerspflicht – das walte Gott!
Ist Bierverbrauch das Erste!

Auf! Ruft in alle Winde flink
Die Ursach' uns'res Grämens!
Wir defilieren über'n Ring
Im Defilirium tremens ...!«

In wilder Hast entfloh aus Wien
Herr Veidt, der große Conrad;
Es trug ihn schleunigst nach Berlin
Des Schlafwagens Salonrad.

Die Blätter künden (wenn ich sie
Auch äußerst objektiv les'),
Seitens der Impresarii
Erwarten ihn nur Schiffles.

Und so gelangt selbst Hinz und Kunz
Zum Resultat, zum tristen:
Es waren wohl zu Gast bei uns
Jetzt viel zu viel Filmisten!

Doch in *der* Branche lernt man nie zu,
Trotz häufiger Debakel.
Darum bereitet man im Nu
Ein anderes Spektakel:

Es naht nun aus der Flimmerwelt
Vergötterter Gesichter,
Der blonde Nibelungen-Held,
Der strahlende Paul Richter.

Ich wünsch' dem Recken sicherlich,
Hier blendend aufzutauchen,
Doch ganz im Inner'n fürchte ich:
»Mir wer'n kan Richter brauchen …«

Ist heuer Derby oder nicht?
Dies Thema, ich verschweig' es.
Für mich fällt das nicht ins Gewicht,
Denn ich hab' and're Deiges!

Nach wicht'gern Dingen steht mein Sinn
In diesen stieren Zeiten;
Ich wandle durch den Dalles hin
Und lass' die andern reiten …

Die Reit-Debatte dünkt mich schier
(So künd' ich frisch und frei),
Als fachgemäßes Training für
Prinzipien-Reiterei!

Herr Ophüls ist ein junger Mann,
Und wirkt am Burgtheater.
Ich weiß zwar nicht, wie viel er kann,
Doch was er konnt', das tat er.

Trotzdem sprach einstens Herterich,
Zu ihm recht kurz und bündig:
»Mein Lieber, mir gefall'n Se nich',
Weshalb ich sie jetzt kündig'!«

Der Jüngling aber trotzt dem Wort
Der Staatstheater-Themis.
Er meint, man jage ihn nur fort,
Weil er vom Stamme Sem is'.

Ja, mancher kriegt den Todesstrich,
Wenn seine Rasse aufkommt ...!
Seit dieser Stunde zitt're ich,
Daß man mir auch noch d'raufkommt ...

Dann wär' dahin mein Ruhmeskleid,
Mein Lorbeer ein verdorrter
Erledigt wär' für alle Zeit
Ihr lyrischer Reporter.

Die Bühne, Nr. 78, 6. 5. 1926

Hochlöbliche Redaktion!

Der »Bühne« und der »Stunde«!
Aus England dringt verheerend schon
Des Generalstreiks Kunde.

Finanzmagnaten murmeln bleich
Am grünen Defizit-Tisch:
»Die Lage ist in unserm Reich
Gehörig britisch-kritisch ...!«

Das ist die letzte Konsequenz
Der Kriegswelt nach dem Weltkrieg:
Es bringt der Lenz die Pestilenz,
Den goldgeschienten Geldkrieg!

Hätt' nie der Krieg sich uns gezeigt,
Wo wär der Kolossalstreik?
Hätt' jeder General gestreikt,
Gäb's keinen Generalstreik!

Es altert alles, Mann und Maus,
Doch hat der Mensch den Vorrang:
Er borgt sich halt die Drüsen aus
Vom Pavian und Orang!

Und wenn diverse Mannskräft'
Schon nebbichhaft geschwächt sind,
Sie werden einfach nachge«äfft«,
Bis sie beinahe echt sind ...

Hat einer nur das Kapital,
(Das fehlt zwar jetzt den meisten!)
Kann er sich eine hübsche Zahl
Von Leistendrüsen leisten ...

Die Affen zittern tausendfach
Im Schatten der Platanen,

Weil den Verlust der schönsten Sach'
All uns're Ahnen ahnen.

Empört schreit jeder Pavian:
»Der Mann geht zu den Mädeln
Und will sich hochstaplerisch dann
Durch uns wieder veredeln!

Hat jener zu viel Frau'n geseh'n,
Muß unsereins das büßen?
Er mag sich unterhalten geh'n,
Doch nicht mit uns're Drüsen ...!«

Es hat, wie sich dies denken läßt,
Mit wohlverdientem Prangen
Das siebzigste Geburtstagsfest
Professor Freud begangen.

Sein wissenschaftliches Genie
Besing' ich d'rum in Reimen.
Ihm danken wir die Theorie
Von Traumen und vom Träumen.

Erforschen, was im Inner'n bangt,
Das muß schon eine Lust sein,
Bis man ganz unten angelangt
Im untersten Bewußtsein ...

Das Sexuellste wird erzählt
Durch Psycho-Analysen
Und jeder weiß gleich, was ihm fehlt.
(Sieh' oben: »Affendrüsen« ...)

D'rum grüße ich den Traumpapa,
Der unser Sein erneut hat,
Denn die Komplexe sind nur da,
Damit der Freud a Freud hat ...!

Die Bühne, Nr. 79, 13. 5. 1926

Hochlöbliche Redaktion!

Mein Hirn erbebt voll Schmerzen,
Wenn ich die letzte »Bühne« les'
Und sehe, was Sie (äußerst bös'!)
Beliebten auszumerzen!

Ich kenn' mein eigen Kind nicht mehr;
So sehr hat sich's verwandelt ...!
Wozu gebär ich's stundenlang,
Wenn man dann im Zerstörungsdrang
Mein Opus so verschandelt?

Ich frag' in meiner Sanftmut nicht,
Warum Sie solches tuen
Und lasse, engelsgleich und mild,
Von edlem Friedensgeist erfüllt,
Die Sach' auf sich beruhen.

Nur eins: Können in Zukunft Sie
Den Rotstift nicht mehr bändigen,
Dann bitte ich Sie flehentlich,
So unter andern doch auch mich
In dem Fall zu verständigen!

Jetzt weiter: Aus Amerika
Kam nobler Gäste Rudel.
Deshalb singt man bei uns zu Haus'
Statt: »Fahr'n ma heut' nach Nußdorf 'raus ...«
Bewegt den »Yankee doodle«.

Und weil das harbe Weana Blut
U. S. A.-freundlich brodelt,
Wird Wien vom Ehrenkomitee
Aus Breitensee in Übersee
Entsprechend umgemodelt:

Und zwar: Das Girl der Kärntnerstreet
Sucht Krens nur »from the ocean«,
Der Mister Pülcher dies benützt;
Am Naschmarkt Lady Sopherl sitzt
And laart sich out the goschen ...

Zur »Avenue« wird Lerchenfeld,
Die Wiener werden foolish,
»Amusement« heißt die »G'müatlichkeit«
Und selbst die Praterstraßen-Leut',
Die plaudern liver-poolisch!

So kriegte eine Injektion
Das tote Wiener Leben,
Doch hat sich, wie dies leider Brauch,
Im Laufe des Besuches auch
Noch ein Konflikt ergeben;

Dem Ramek weigerte die Hand
Der Sektionsrat Kosak.
Er hielt als treu ergeb'ne Seel'
(Man sagt, auf höheren Befehl)
Die Hände im Sakkosack ...

Ja, solche Dinge kommen vor!
(Man muß schon sagen: Leider ...)
Doch wer in uns'rer lieben Stadt
Die Sache zugeschnitten hat,
War wohl ein guter Schneider ...

Byrd hat aus stolzer Himmelshöh'
Den Nordpol froh gesichtet!
Er überflog ihn wie ein Blitz!
Ich überflog nur die Notiz,
Die uns davon berichtet ...

In Malmö ließ ein Pastor jüngst
'nen Ukas streng erscheinen,
Der da besagt: Man sieht fürwahr
Jetzt viel zu wenig Mädchenhaar
Und viel zu viel an Beinen!

Der Sittlichkeitsapostel rief:
»Was soll das eitle Putzen?
Meint ihr, daß dies der Seele nutzt?
Wenn eine Maid die Haare stutzt,
Da muß man wirklich stutzen ...!«

Doch ich, der vom Erkenntnisbaum
Der Früchte schon genug aß,
Erklär' als alter Sündenbock:
»Ich lieb' den kurzen Mädchenrock
Mehr als den längsten Ukas!«

Wer so spricht ist ein Ketzer zwar
Und in der Hölle schmort er,
Doch ich schweb' einst im Jenseits froh
Direkt ins Himmels-Preßbüro
Als lyrischer Reporter.

Die Bühne, Nr. 80, 20. 5. 1926

Hochlöbliche Redaktion!

Eins freut mich kannibalisch:
Nichts Unerlaubtes ficht uns an,
Hoch klingt das Lied vom braven Mann:
Wir sind, gottlob, moralisch!

Mag's auch in uns'rer lieben Stadt
An mancherlei noch fehlen,
Nichts störet unser'n Sphärenkreis;
Man fühlt sich glücklich, denn man weiß:
Gerettet sind die Seelen!

Zum Beispiel ist doch die Revue
Den Frommen nicht gedeihlich.
Sie ist des Satans Unkrautsaat …
Daß eine Frau auch Körper hat,
Ist einfach unverzeihlich …!

Auch jetzt droht eine Seuche uns,
Die gar nicht so gefahrlos!
Es folgte gern am Semmering
Ein äußerst wüster Schlemmer-Ring
Den Spuren Monte Carlos!

Da wird den Gründern kundgetan,
Daß ihre Schar retourfahr'!
Die frommen Lippen lächeln froh:
Wien bleibt auch weiter im Niveau
So hoch wie Linz nebst Urfahr …

Wird auch die Pleite allgemein
Durch den Sanierungsfimmel,
Der Wiener fühlt sich ganz brillant,
Verkauft (wie stets) sein letztes G'wand
Und fährt (hofft er) in' Himmel …

Es türmen jetzt in Frankreich sich
Enttäuschungen zu Hauf':
Das Geld, es sinkt elendiglich!
Das setzt dem Franc (so fürchte ich)
Die weiland Krone auf...

Vom Ungarland her blickt man trüb
Hin zu den Dalles-Welschen...
Der Patriot meint schluchzend schier:
»Es stand wahrhaftig nicht dafür,
Dies Nebbichgeld zu fälschen...«

Doch Österreichs Valutenglanz
Ist gottlob nicht erloschen!
Die Währung freut uns ungemein:
Der Fiskus steckt den Schilling ein,
Der Bürger hält die Groschen...

Beim Blumenkorso kann sich stolz
Ein Pflanzen-Pflanz entwickeln.
Im Prater ist dann stets zu seh'n
Wohl nicht ganz Wien, doch tout Vienne
In blumigen Vehikeln.

Die Dame schmückt sich zu dem Fest
Mit unerhörten Dingen;
Das Antlitz leuchtet frisch gemalt,
Das Auto glänzt wie ausbezahlt,
Die Freundinnen zerspringen...

Doch fehlt dem Praterluftgeschäft
Die Poesie der Feier...
Die Anmut liegt längst unverzinst;
Wenn bieder auch der Meier grinst –
Es ist kein Biedermeier...

In Polen tobt indes der Krieg
Vor Warschaus miesen Toren.
Man pätscht sich heldenhaft, wie toll!
Ich aber singe ahnungsvoll:
»Ist Polen nicht verloren …?«

Denn während der Schlachzizen Schar
Bestemm sich macht in Warschau,
Denk' ich zurück und seufze tief
Weil ich im Geist retrospektiv
Des Heers Parademarsch schau …

Wie anno Pech steh' ich »Habtacht!«
Als einst'ger Knabenhorter!
Ich höre, wie die Salve kracht –
Es schläft bestimmt nicht heute Nacht
Ihr lyrischer Reporter …

Die Bühne, Nr. 81, 27. 5. 1926

Hochlöbliche Redaktion!

Schon grünen alle Reiser,
Gott Amor schlingt sein Rosenband,
Die Sommerspielzeit zieht ins Land
Und sorgt für leere Häuser.

Im Winter quält uns eine Welt
Der Wirren und des Streikes,
So daß der Mensch zur Ruh' nie kommt.
Man ißt erst, wenn der Juni kommt
In Ruhe seinen Maikäs'...

Und während nun in frischem Grün
Der Sommer durch die Flur wallt,
Wallt auch Herr Galsworthy nach Wien;
Es zieht ihn zur »Gesellschaft« hin
Aus seiner Dichtung »Urwald« ...

Max Reinhardt ist jetzt allerdings
Heraus aus allen Nöten:
Ein Lesbos-Drama unbedingt
Hat ihn, so paradox es klingt,
Erlöst von Schwulitäten ...

Wer *den* Erfolg im Hause hat,
Ist sicherlich geborgen!
Denn »Die Gefangene« befreit
Den Spielplan wohl für lange Zeit
Von usuellen Sorgen!

Es rauscht bereits im Blätterwald
Begeistert hundertstimmig:
Ein Stück wie dieses muß wohl geh'n!
Ein jeder soll sie leiden seh'n,
Die liebe Lene Thimig!

Ihr Gatte bläst im letzten Akt
Auf dem Verzweiflungs-Schofer ...
Und der Ernst Deutsch spricht deutsch und ernst:
»Da du dich nun von mir entfernst,
Geh' ich zu Lil Dagover ...«

In unserer Oper jagen die
Ereignisse sich hastig:
Es gab die Demission Herr Schalk –
Von morschen Wänden fällt der Kalk
Im Hause der Spielastik ...

Warum soll es im Opernhaus
Nicht im Gemäuer rieseln?
Gar oft schon konstatierte ich:
Die Staatstheater eignen sich
Besonders gut zum Kriseln ...

Man lugt nach allen Seiten aus,
Wer wohl als neuer Mann kommt?
Gar mancher tippt auf Richard Strauss,
Doch *Clemens* zieht die Stirne *kraus*
Und wartet, bis er drankommt ...

Die neue Raxbahn tut sich auf
Den Wanderern zu Pfingsten.
Man strömt ins Gletscher-Paradies;
Das Wetter ist besonders mies –
Doch stört dies die Geringsten.

Bepickelt und ganz wetterfest
Vom Kopf bis zu den Zehen,
Mit Thermophor und Wolleschal
Schwingt Pollitzer und Doleschal
Sich auf zu lichten Höhen ...

Die Wiener Straßen sind entmenscht,
Der Würstel-Biel entjudet,
Zurück bleibt von der stolzen Schar
Nur wer grad' bei der Firmung war
Oder bei Meister Udet ...

Und jetzt, verehrte Redaktion,
Muß ich schon wieder weinen:
Die Reportage ist kein Genuß,
Wenn den Bericht man liefern muß
Zehn Tage vor Erscheinen!

Denn was vor der Dekade frisch
Als Novum hingefetzt wird,
Hat einen Vollbart, lang und weiß,
Bis es dem p. t. Leserkreis
Dann endlich vorgesetzt wird.

Und so erscheint mein Weisheitsborn
Als ein bereits verdorrter
Und das ist, wie ich eingesteh',
Nicht vorteilhaft fürs Renommee
Des lyrischen Reporter.

Die Bühne, Nr. 82, 3. 6. 1926

Hochlöbliche Redaktion!

Ich sing' in Moll-Akkorden
Vom Sündenhauch der Jazzbandzeit,
Durch den die alte Sittsamkeit
Unpopulär geworden …

Denn haßt man auch die Fleischeslust,
Die zwar beliebt, doch zotig,
Sind auch die Seelen frisch saniert,
Die Körper werden doch berührt
Vom Stachel der Erotik.

Es nehmen nämlich überhand
Pornographische Schriften!
Die führen äußerst deutlich an,
Was mancher sich nicht leisten kann –
Soll einen das nicht giften?

Auch manche Zeichnung gibt es wohl
In unserm Sündenbabel,
Die uns komplett vor Augen führt
Gestalten, die dekolletiert
Selbst abwärts noch vom Nabel …!

Dadurch fühlt sich der Lebegreis
Als neuentdeckter Paris;
Die Phantasie macht ihn zum Mann,
Sieht er sich manches Faktum an,
Das längst schon nimmer wahr is'!

Und strafend tönt ein Motto jetzt
Aus meines Mundes Mündung:
»Erotik gilt als Schweinerei,
Wenn man sich nicht vermehrt dabei,
Sonst mangelt die Begründung …«

Die Witterung kommt, wie bekannt,
Der Landwirtschaft entgegen,
Doch schadet sie der Praterfahrt,
Weil sich die Autos gleich ab Start
Im regen Regen regen …

Ich seh', daß du, oh Leserin,
Dir an das Köpfchen greifest,
Denn da in diesem Nebbichjahr
Das Wetter wetterwendisch war,
Verschob man (ach!) das Maifest!

Doch am vertagten Lusttermin
Kämpft man mit Blumen wacker.
Der vielen PS.-Kunterbunt
Tut Fröhlichkeit noch bunter kund
Als einst anno Fiaker!

Das Mittelschulen-Lehrerkorps
Flucht uns'rer Zeit, der tristen.
Und so beschloß man männiglich,
Nach längst bewährtem Muster sich
Zu frohem Streik zu rüsten.

Denn wenn man auch Professer heißt,
Man lebt doch nicht vom Titel!
D'rum wettert es vom Lehrerstuhl:
»Ja, ist denn uns're Mittelschul'
Die Schule ohne Mittel?«

»Es geht nicht an, daß darbend man
Den Wissensboden nähre!«
Selbst Schüler legen sich ins Zeug
Und hoffen betend, daß der Streik
Recht lange, lange währe …

Die Nachsaison bringt strafend uns
Gar manche Defizit-Woch'.
Laut Wetter ist's April noch just,
In den Theatern schon August,
Im Geldschrank Aschermittwoch ...

Zwar hofft man noch auf Besserung
(Wie? Lachte da voll Hohn wer?)
Doch fehlt der Auslandskavalier;
Die Nachtlokale sind so stier,
Als ob noch Hochsaison wär'!

D'rum rasch ich im Verkehrsbureau
Den Wanderstab bezahle,
Ich kündig' dem Konsumverein,
Ich kampfer' meine Kleider ein
Und meine Ideale ...

Und wird im Lauf der Sommerszeit
Die Saison morte noch morter,
Dann gondelt längst durch alle Welt
Und zahlt nur mehr mit Fersengeld
Ihr lyrischer Reporter

Die Bühne, Nr. 83, 10. 6. 1926

Hochlöbliche Redaktion!

Ich stelle fest: Wien macht sich!
Wir haben zwar nicht ausgesorgt,
Doch hat beinahe ver»newyorkt«
Das Städtchen über Nacht sich:

Wie hat man einst sich abgemüht
Im Zeichen des Verkehres!
Unlenkbar stets der Wiener blieb,
Was man auch predigte und schrieb, –
Er leistete Konträres ...!

Jetzt hat Verkehrssignale man
(Viel grüne, rote, gelbe)
Zu diesem Zwecke angeschafft;
Der Lichteffekt ist fabelhaft,
Der Endeffekt derselbe ...

Auch hofft der alte Prater längst,
Daß man ihn renoviere:
Beleuchtungsmaste stehen schon
Nebst Neukanalisation –
Doch nur auf dem Papiere ...

Gar mancher Freiluft-Stammgast grollt
Voll innerster Empörung:
»Beleuchtet man die Prateraun
Vom Abend bis zum Morgengraun –
Wo bleibt die Volksvermehrung ...?«

Aus Breslau kommt Herr Schneiderhan,
(Der Ursprung sei entschuldigt!)
Bundestheaterbretterfroh
Fühlt er sich schon als Retter froh –
Doch wird ihm nicht gehuldigt ...

Es schlägt das Herz des Mitgliedskorps
Für den Breslauerlauer,
Denn leicht errät ein jedes Kind,
Daß *Turnaus Turnus* bald beginnt
Im Kreis der Opernmauer.

Vielleicht geht aus dem wüsten Streit
Er doch hervor als Sieger!
Ich wünsch' ihm's (und hab's just beniest!),
Denn wer's im Vorhinein vermiest,
Verdient eine Tracht Prüger …

Aus Trinkerkehlen dringt empor
Ein Schrei, ein ungeheurer:
Der Gerste edles Brauprodukt,
Das man so gern herunterschluckt,
Das Bier – wird wieder teurer!

Wozu entzog man streikend sich
Die Flüssigkeit aus Schwechat,
Wenn man jetzt glatt die Waffen streckt,
Und dadurch dann im Endeffekt
Im Bierpreis solches Pech hat?

Was soll der Bürger trinken wohl?
Kamillentee? Rhizinus?
Lakrizensaft? Melange mit Haut?
Nein, nur der Trank gilt, den gebraut
Der wackere Gambrinus!

Wie traurig sind die Folgen bald
Der schrecklichste der Taten:
Den Hopfen meidet selbst der Hopf,
Der Bierbauch wird zum Wasserkopf …
Bedenkt dies, Bierokraten …!

Viel schwere Seufzer gab es jüngst
Aus Anlaß uns'res Derbys,
Denn mancher Gent erfuhr hiebei,
Daß selbst des Rennens Tipplerei
Kein dauernder Erwerb is' ...

Der Kleider kreditierte Pracht
Prangt' im Aktionär-Raum,
Man setzte oft und mit Genuß,
Und so fungierte denn zum Schluß
Die Brieftasche als Leer-Raum ...

Wie trug zuerst man stolz zur Schau
Das hoffnungsvollste Ticket!
Wie vielversprechend war der Start,
Doch als »Wood-screw« geschlagen ward,
War man nicht sehr entzücket ...

Und wer als Zukunfts-Rothschild kam,
Wankt' heimwärts als Verschnorrter ...
Ich floh entsetzt solch' bleichen Mann –
Der wär' imstande und pumpt selbst an
Den lyrischen Reporter!

Die Bühne, Nr. 84, 17. 6. 1926

Hochlöbliche Redaktion!

Der Regen strömt abscheulich …
Zum Nilpferd wird der Pegasus,
Verwässert der Gedankenfluß,
Die Welt scheint greulich gräulich …

Selbst ein konstanter Optimist
Wird da zum Weltenhasser,
Wenn er in dieser miesen Zeit
Sich nebbich auf den Urlaub freut
Und alles wird zu Wasser …

Im Juni saß man sonst vergnügt
Bei Käs' und saurer Molke
Am Sommersitz, umrauscht vom Bach …
Heut' kämpft man unterm Rebendach
Mit mancher Wetterwolke.

Und jede Dame von Niveau
Schlürft der Erinn'rung Wehtrank,
Bedenkt sie, wie im Dirnenrock
Sie einst im Frei'n beim Five o'clock
Um vier Uhr den Kaffee trank …

Doch während jeder Wiener sich
Gern sähe in den Tropen,
Im Land, wo die Kakteen blüh'n,
Kam Mister Whiteman (hoch!!) nach Wien
Mit U.S.A.-Synkopen.

Als Jazzband-Luther sehnt er sich
Danach, zu reformieren:
Nicht mehr im Rauch des Mokkasaals,
Nein, gleich D'Albert, Pablo Casals
Möcht' er nur konzertieren!

Der Bürger liebt die Jazz zum Tanz,
Als hohe Kunst verschmäht er s';
Man trommelt und man saxophont,
Bis daß ein jeder charlestont
Oder so tut, als tät er's ...

Der Mann rückt an die Maid heran
Beim Tanz in kühnem Gleiten,
Der Rhythmus macht die Glieder keck
Und so verfolgt die Jazz den Zweck,
Die Paarung einzuleiten ...

Auch der Matrone platter Fuß
Wird oft zur Tour gebeten:
Ein Jüngling fischt sie sich heraus,
Er tanzt sie ein, sie tanzt sich aus
Und reibt ihm dann Moneten ...

Doch der Konzertsaal braucht das nicht!
Der braucht 'nen Musikanten,
Der das Klavier stolz okkupiert
Und es in D-Moll demoliert
Von Dilettanten-Tanten ...

Während ich hier so meditier'
Über die Zeit der Schrecken,
Lugt aus dem miesen Wolkengrau
Ein Stückchen prima Himmelblau,
Gefolgt von Sonnenflecken.

Da schwillt gleich meine Reiselust
Zu mächtigem Kaliber!
Blick' ich den »Vulkan-Fiber« an,
Glüht sehnsuchtsheiß wie ein Vulkan
Im Fieber jede Fiber ...

Ich fühle schon im Vorgeschmack
Die höchste Urlaubswonne …
Gleich den Bewohnern Sansibars
Verzichte ich auf Anziehbar's
Und leg' mich in die Sonne!

Mein Corpus liegt am Meeresstrand
Und in dem Sande schmort er,
Im Geiste atme ich Ozon
Und schließe meine Funktion
Als lyrischer Reporter …

Die Bühne, Nr. 85, 24. 6. 1926

Der lyrische Reporter auf Reisen

Unser lyrischer Polizeireporter hat sich auf eine Urlaubsreise begeben. In seinem rührenden Abschiedsbrief verspricht er empfindsame Reisebriefe.

Lebt wohl, Ihr schönen Leserinnen
Nebst vielgetreuer Leserschar!
Die Bäume prangen im Naturlaub
Und der Reporter braucht den Urlaub,
Die schönste Jahreszeit im Jahr!

Ihr sendet täglich Abschiedsklagen
An meiner Wirkungsstätte Tor,
Doch sei die Trauer keine tiefe:
Ich schicke euch bald Reisebriefe!
(So nehm' ich's wenigstens mir vor ...)

D'rum netzet nicht mit Wehmutszähren
Das vielbenutzte Taschentuch!
In die Erinnerung versunken,
Will ich euch Geistesfunken funken
Von jedem Ort, den ich besuch'!

Doch wenn im Herbst die Blätter fallen,
(Nur unser Blatt steigt siegesfrisch),
Die Unternehmungen, die größten,
Sich mit den tristen Trusten trösten,
Sitz' wieder ich am Dichtertisch.

Lebt wohl! Der lyrische Reporter
Singt jetzt sein Abschiedslied in Moll:
Adieu! Es ist sehr schön gewesen!
Ich ruf' euch zu: Auf Wiederlesen!
Und zeichne höchst hochachtungsvoll:

Karl Farkas

Die Bühne, Nr. 86, 1. 7. 1926

HERBSTGEFÜHL

Im Lauf des Jahres

Friede in Paris …

»Vive Stresemann!« tönt's hundertkehlig
Vom Gâre de l'Est bis hin zum Quai …
Die Menge brüllt's mit heißen Wangen,
Als gält's 'nen Kaiser zu empfangen
Oder sogar Herrn Chevalier …

»Vive Stresemann!« klingt's am Montmartre,
Wo selbst die Lichter angesteckt …
Man preist den Staatsmann franco Spesen,
Als wär' er nie ein »Boche« gewesen,
Denn Frankreich hat sein Herz entdeckt …

Briand geht huldvollst ihm entgegen
(Was »Entrevue« die Presse nennt),
Er denkt: Jetzt muß das Werk geschehen,
Den Friedenswillen zu erhöhen –
(Und auch das Heereskontingent …)

Er spricht: Aus allen Wörterbüchern
Getilgt sei die Vokabel »Feind« …
Und Stresemann erklärt entschieden:
Den letzten Kreuzer für den Frieden!
(Womit er Panzerkreuzer meint …)

Man liegt sich jetzt statt in den Haaren
Bloß in den Armen – treugesinnt.
Kein Vaterland soll unter Tränen
Sich mehr nach seinen Söhnen sehnen,
Die notgedrungen Helden sind …

So gründet man den Völkerfrieden,
Wenn herbstlich welken Baum und Strauch …
Doch wenn im Lenz die Knospen sprießen,
Dann sagt man lachend: 's ist zum Schießen …!
Und – tut es auch …

3. September 1928

Moral en gros

Noch sind die Nächte dunkelblau
Und gelb des Mondes Sichel …
Doch nützt man nicht die laue Nacht,
Weil die Moral darüber wacht –
Und die Frau Pichl …

Die hüllt uns die Erotik ein
In einheimischen Barchent.
Sie seufzt, da 's leider Nächte gibt,
Genieße man sie nicht verliebt,
Sondern nur schnarchend …

Die Liebe gilt als Schweinerei,
Wenn man sich nicht vermehrt dabei …
(Sonst mangelt die Begründung),
D'rum folge man der Keuschheit Spur
Und schäkert man, dann tu' man's nur
Mit Ueberwindung!

Die Jugend liebt's, dem Schmutz und Schund
In blonder Form zu fröhnen.
Man soll sich schon ab Jugendzeit
Der Leiblichkeit der Weiblichkeit
Deshalb entwöhnen …

Doch Jugend kann nie Sünde sein
Und zwei mal zwei nie fünf.
D'rum ist, wie hier verzeichnet sei,
Die ausgepichte Pichlerei
Fürwahr ein Tineff!

Denn was sie fromm uns wünschen möcht',
Bleibt auch ein Wunsch, ein frommer …
Denn Jugend sich zu Jugend drängt,
Wenn auch an morschen Zweigen hängt
Altweibersommer …

1. Oktober 1928

Modenschauspielhaus …

Im Burgtheater reformiert man
Gar vieles zu Thaliens Ruhm.
Vor allem andern inszeniert man
Zunächst einmal das Publikum …

In Frack und Smoking muß sich werfen
Das Volk – aus Chowet (rechte »Ehr'«),
Dann wird es das genießen derfen,
Was fracklos fraglos netter wär' …

Bald ziehen dann die Modeschnacken
Auch zu den andern Bühnen hin.
Schon fleht: »Nie sollst du mich befracken!«
Im Opernhaus der Lohengrin …

Man geht zu mancher Operette
Mit Jazz-Spektakel, Saus und Braus
In Anzügen, die stark wattiert sind –
Das paßt dann gut zum vollen Haus …

Und zum Besuch der kleiner'n Bühnen
Macht ein Sakko sich furchtbar nett,
Welches hübsch zweireihig besetzt ist –
Gerade so wie das Parkett.

Zu der Revue geht, sich befrackend,
Der Herr in allergrößtem Putz,
Die Dame aber, packend nackend,
Trägt Feigenblatt nebst Reiherstutz …

Die Rolandbühne bringt was Neues:
Man kommt als höchste Nouveauté
Mit herrlich ondulierten Pajes
Durch die Kaftanienallee!

So schafft jetzt Arbeit ohne Ende
Für den Tailleur der Bühnenmann –
Und schmunzelnd reichen sich die Hände
Der Schneider und der Schneiderhan …

22. Oktober 1928

Elegie im Herbst …

Welkes Laub tanzt bunten Tanz
Im Herbsteswehen …
Jede Leidenschaft verglüht …
Die Natur schläft lächelnd müd'
Und Krähen krähen …

Schnupfenbringend ist jetzt schon
Die Lieb' im Freien …
Nebel sinken grau und naß –
Neu erblüht ist nur der Haß
Der Parteien …

Volkesmänner, frisch erholt,
Die Zähne fletschen
Mit der Wut des Leopards!
Heute rot und morgen schwarz –
Ein stetes Pätschen …

Schwalben zogen vorsichtsbang
Schon längst auf Wander.
Nur im Sumpf noch, nistet hier
Das geriebenste der Tier' –
Der Salamander …

Der Parteikampf läßt ihn kalt
Im Herbsteswehen,
Denn kein Aufruhr ihn erschreckt:
Er ist schwarz und rot gefleckt –
Ihm kann nix g'schehen …!

29. Oktober 1928

Resumée

Schleppend bahnen sich die Bühnen
Wege zum Saisonzenith;
Doch bis heute ist erschienen
Kein Prophet und kein Profit …

Stolze Häupter, die da führen,
Machen Pläne und Reklam'.
Sie fatieren und wattieren
Ohne Tam, doch mit Tam-Tam!

Legt auch mancher seine Gabe
Auf den Altar hoher Kunst –
Von der Wiege bis zum Grabe
Bleibt die Mühe umasunst …

Trotzdem ohne Rasten rüsten
Massen sich in Reih' und Glied;
Emsig lärmen Synkopisten,
Emsig flüstert Jackerl Smith …

Reinhardt kommandiert heroisch
Im Theater an der Wien,
Das daher nicht chicagoisch
Mehr durch Kálmáns Herzogin …

Kurz: Ein jeder ist beflissen,
Pläne gibt es gleich en masse!
Jeder macht sich gar nichts wissen,
Jeder tut, als tät er was …

Doch trotz Tatenlust und -liebe
Nur als Resumée und blieb:
Großer Gott, so viel Betriebe –
Und noch immer kein Betrieb …!

13. November 1928

Die neue Richtung …

Lichtspiel- und Nichtspiel-Theater
Mehren stark sich hierzuland …
Um die Pleite auszumisten,
Brachte Reinhardt jetzt Artisten
Statt der Mimen kurzerhand!

Hei! Welch' weite Perspektive!
Endlich: »Wie es euch gefällt …!«
Wenn sich Schiller paart mit Tiller,
Klingen helle Freudentriller
Durch die ganze Bühnenwelt!

Als entfesselter Tragöde
Wirkt der Clown mit buntem Schopf;
Grock schluchzt in »Cavalleria«,
Moissi steppt und die Thalia
Steht am Kopf …

Und als Romeo Rastelli
Balanziert die Julia …
In der Kuppel schwingt Don Carlos,
Was wohl lang nicht so gefahrlos
Wie die Liebe zur Mama …

Der Othello bläst gleich Jonny
Auf dem Saxophon den Tusch
Und es hockt auf schwankem Sitze
Wilhelm Tell als Meisterschütze
Hinterm Busch im Zirkus Busch …

So nimmt denn die neue Richtung
Unaufhaltsam ihren Lauf.
Sucht im Zirkus nur das Staatsheil!
Spannt der Kunst das höchste Drahtseil!
Sie geht d'rauf …

19. November 1928

Schubertbrunnen …

Trauernd stehen schwarze Massen
Vor dem Brunnen des Genies,
Das auch punkto Einnahmsquelle
Brav erfüllt, was es verhieß …

Mancher der Dreimäderl-Hausherr'n,
Der des Nachrufs sich befleißt,
Nun vollwertig und vollbärtig
Höchst sonor den Meister preist!

Also scheint es unerläßlich,
Daß den Zweck man unterstützt,
Den man ja kongreßlich-gräßlich
Schon im Sommer ausgenützt …

Man enthüllt den Schubertbrunnen,
Doch – die Absicht bleibt verhüllt …
Klagend fließen Wehmutszähren,
Während sich die Kasse füllt …

Schubertfeste! Schubertgäste!
Schöne Hundertjahresfrist!
Alle wollen davon leben,
Daß er einst gestorben ist …

Und an seines Schaffens Bahre
Schluchzt man in ganz Oesterreich:
»Wie kriag' ma im nächsten Jahre
So a lukrative Leich' …?«

26. November 1928

Das alte Haus ...

Männer, Frauen, Kind und Kegel,
Jeder seine Neugier stillt.
Wie ein Schwarm erschreckter Vögel
Flattern sie durch's Straßenbild ...

Hauseinsturz! Geröll und Mörtel.
Feuerwehr und Polizei,
Wirbel, abgeriss'ne Wörtel –
Und ganz vorn Herr Adabei:

»Stössen S' net, Sö alter Dacher!«
»Halt die Goschen, blöder Fratz!«
»Lauter Schimpfen vorn'! Ma' hört nix!«
»Jessas na, a toter Ratz!«

»So a Einsturz – habe d' Ehre!«
»Wer is' schuld daran? – Dar Jud!!«
Plötzlich nahen Funktionäre
Und sie funktionieren gut ...

Jeder schafft mit Würdemiene,
Zeigt wie er dem Staate nützt ...
Ruiniert ist die Ruine,
Wenn man sie nicht amtlich stützt!

Der Hornist bläst feurig: Feuer!
Man entrollt die Spritzenschläuch' –
Und beim »rieselnden Gemäuer«
Denk' ich ans Haus Oesterreich ...

An das Haus, das längst schon morsch ist
Durch den inner'n Krankheitskeim ...
Denn wenn man in Genf auch forsch ist,
Defizittert man daheim ...

Aus dem Dalles der Epochen
Dämmert die Erkenntnis schon:
Erst wenn wir zusamm'gebrochen,
Kommt die Stützungsaktion ...

3. Dezember 1928

Passive Resistenz …

Die Weihnachtszeit gibt Arbeit;
Es rührt sich klein und groß.
Da regt die Post die Hände
Und – legt sie in den Schoß …

Der Postler, der nichts tun will,
Der tut halt seine Pflicht!
Der Streit wird ausgetragen –
Jedoch die Briefe nicht …

Die Kampfeslust erweckt wird,
(Obzwar sie gar nicht schlief!)
Man ruft: »Es muaß was g'schehen!«
Und resistiert passiv …

Das heißt: Es türmen wartend
Pakete sich zu Hauf',
Die Sendung, die man aufgibt,
Gibt man für immer auf …

Zwei Stunden braucht »der Vurstand«
Zu jedem Federstrich
Und die Telephonistin
Zeigt »anschlußfeindlich« sich …

Man steht beim Postamtsschalter
Gedrängt in Reih' und Glied –
Kurz, alles ist wie immer –
Man merkt kan Unterschied …

10. Dezember 1928

Weihnachts-Elegie ...

Ich stehe auf dem Weihnachtsmarkt,
Umbrandet vom Getümmel,
Und über mir und über mich
Lacht still der Mond am Himmel.

Es riecht nach frischem Tannenharz,
Nach Leim und nach Vanilie ...
Ein Krippenspiel ersteht Frau Schwarz
Nebst heiliger Familie ...

Dann schlendert sie an mir vorbei,
Kaninumwogten Knies
Und meint vergnügt: »Am Christkindlmarkt gibt's
Die herrlichsten Mezies ...«

Viel Kinderaugen sehnsuchtsheiß
An buntem Flitter hängen,
Um den sie bald bei Kerzenschein
Erwartungsfroh sich drängen.

Denn Weihnacht ist vor allem doch
Ein Fest für uns're Kleinen –
D'rum seh' ich auch Klein Oesterreich
Am Gabentisch erscheinen ...

Es war hübsch brav die ganze Zeit,
Damit sein Fleh'n erhört wird
Und ihm nun laut Sanierungsplan
Auch einmal was beschert wird ...

Doch zieht das Fest der Freude ein
In alle Erdenzonen,
Hängt an den kahlen Weihnachtsbaum
Man seine Illusionen ...

Es übertönt der Glockenklang
Die Bitte um Erhörung,
Und schwer enttäuscht raunt es durch's Land:
»Das ist eine nette Bescherung …«

17. Dezember 1928

Schlußbetrachtung …

Das Spektakel mit Spektakel
(Sprich: »Artisten«) zieht nun fort.
Statt Mirakel nur Debakel
Und der Stoff ein Mollakkord …

Denn trotz bunter Narrenkleider
Und dem Mies-en-scène-Genie
Waren die Regien leider
Größer noch als die Regie …

Traurig sind die Reinhardtisten,
Stark geleert ist Edmunds Safe –
Rasch verließ seine Artisten
Ihr erlauchter Truppenchef.

Vom Inszenatorenstuhle
Sprang empor er resolut,
Macht' in Wien sich eine Schule
Und fuhrt fort nach Hollywood …

So vergißt der Kosmopole
Seine Wiedner Station
Und mit Vehemenz beginnt die
Operettungsaktion.

Und wo mit gekühltem Mütchen
Er geglänzt hat seinerzeit,
Klingt als Nachruf jetzt das Liedchen:
»Armer Prinz, du tust mir leid …«

24. Dezember 1928

Silvester ...

Am Stephansplatz. Silvesterrummel.
Zwölfuhrschlag, Kreischen, Prosit-Schrei'n ...
Ein Bachanal der Ruhestörer,
Vermehrt um ein paar Rauchfangkehrer
Nebst Schwein ...

Man amputiert der Welt die Haxen,
Man ist perdu und wird per du ...
Die Mädels tändeln stimmungsprotzend,
Ein bleicher Jüngling jodelt kotzend:
Juhu ...

Demi-Mondäne suchen Anschluß
Mit amoureusem Intellekt,
Verschleißen reduzierte Wonnen
Und ist man nicht sofort gesonnen,
Murmeln sie was im Dialekt ...

Es wird der Spießer zum Genießer.
Nach Sündentaumel späht er spät ...
Er konsumiert mehr Wein als rätlich
Und wird dann sexualitätlich –
Wenn's geht ...

Das Land reckt im Silvesterrausche
Die Arme nach dem Schwesterreich
Und war das alte Jahr auch trostlos,
Beschließen wir es doch nicht prostlos
In Oesterreich.

Zwar, was wir zu beginnen suchten,
Verlief nun im Sand fürwahr,
Doch heut' ruft man nach langem Sinnen:
»Jetzt wer' ma endlich was beginnen:
Ein neues Jahr ...«

31. Dezember 1928

Doppelwacht …

Gott, wie gut hat's doch der Wiener!
Immerdar und allezeit
Sorgt für ihn mit weisen Händen
Durch erfreulich neue Spenden
Eine hohe Obrigkeit.

Jetzt ward uns sogar beschieden
Eine zweite Wachmannmacht,
Außer der, die bis zur Stunde
Mit dem werten Bund im Bunde
Für die Sicherheit gewacht.

Doch die Beiden steh'n in Fehde
Und bald nehmen, dienstgestrafft,
Im Tumult des Straßennetzes
Beide Augen des Gesetzes
Wechselseitig sich in Haft …

Ach, mir schwanen grimme Phasen
Des moralischen Gefechts:
Sagt der Linke: »Links geh'n – bitte!«
Steht der Rechte in der Mitte
Und sagt drohend: »Bitte rechts!«

Und wird jemand wo erstochen
Und der Linke schreitet ein,
Wird von rechts er unterbrochen:
»Mörder werd'n doch freigesprochen!
Mischen S' Ihna da net drein.«

Hin und her wird nun erörtert
Das Duett der Polizei,
Und es nimmt in eig'ner Sache
Für die Geltung ihrer Wache
Jegliche Partei Partei …

Die Gemeinde der Gemeinde
Zornesrot entrüstet schreit:
»Niemals dürfen wir gestatten,
Daß im Schattendorfer Schatten
Bundespolizei gedeiht!!«

Doch der Bund schreit: »Dazu zahlt man
Steuern, die man seufzend blecht?
Wer braucht die Gemeindewache?!«
Und das Schlimmste an der Sache:
Beide haben nebbich recht ...

28. Jänner 1929

Grippe …

Mit Schnee vermengter grauer Quatsch
Deckt Straßen, Feld und Wiesen …
Darum kann prompt, wer nicht immun,
Den holden Grippezustand nun
Genießen und beniesen …

Der allerstärkste Recke zagt
Vor der Erklärung weibisch.
Das Auge tränt, die Nase rinnt;
Man nährt sich nur von Formamint,
Von Aspirin und Eibisch.

Die meistumgirrte Modemaid,
Der sonst Erfolg beschieden
Als süße Liebesschäkerin,
Wird als Bazillenträgerin
Jetzt vorsorglich gemieden …

Das ganze Land hat 'nen Katarrh
Von riesigem Kaliber.
Verschnupft ist unser Staat zur Zeit:
Auf vierzig Grad Zerfahrenheit
Stieg drohend schon das Fieber …

Verschnupft sind die Geschworenen,
Weil man jetzt proponierte:
Man suche im Justizgefecht
Nicht nur ein Recht, das jenen recht,
Die die Partei goutierte …

Das Volk ist auch verschnupft, weil hier
Das Boxen sie gestatten,
Was doch bislang ganz offenbar
Nur Vorrecht der Parteien war
Bei hitzigen Debatten …

Verschnupft ist die Regierungsfront
Mit Recht in höchstem Grade:
Man hat sie nur sehr kaltgestellt
Durch kühlen Luftzug in dem Zelt
Der Völkerbundeslade …

Weshalb sie trotzdem oft nach Genf
Erfolglos pilgern mußten?
Die Grippe ist der wahre Grund:
Verschnupft ist auch der Völkerbund –
D'rum wird er uns was husten …

4. Februar 1929

Faschingsende …

Die Fastnachtsnächte geh'n zur Neige …
Der Kater reckt sich riesengroß …
Man schließt die Augen und sagt Amen
Und endlich legen alle Damen
Die müden Füße in den Schoß …

Entschlossen sperrt der brave Bürger
Sein Chemisett' in den Tresor,
Betrachtet seufzend seinen Eh'ring,
Bestellt sich einen sauren Hering
Und ist dann sittsam wie zuvor …

Bacchantin wird zur Nebochantin,
Der Maharadscha zum Kommis
Und schläfrig tippt die Colombine
Fakturen auf der Schreibmaschine
Bei Rosenbaum und Wessely …

Manch' bleicher Jüngling wird energisch
Von seiner Faschingsfee bedrängt,
Die, nur gedacht für flücht'ge Stunden,
Auf einmal fix mit ihm verbunden
Und dauernd ihm am Halse hängt.

Er büßt den Hang zum Abenteuer,
Er hatte *sie*, jetzt hat sie ihn …
Ein and'rer wieder schleicht behende,
Beschwert mit einer Damenspende
Zu einem Spezialisten hin …

Auch unser Staat hat Katzenjammer –
Er denkt nur nicht viel nach darob …
Er trauert nicht in Sack und Asche,
Er lügt sich fröhlich in die Tasche.
Doch schrecklich ist's, wenn unser Dalles
Sich plötzlich grinsend demaskiert!
Die Stierität kennt keinen Rasttag
Und uns're *Fastnacht* wird zum *Fasttag*,
Denn heute rot, morgen – saniert …

11. Februar 1929

Wien unter Null …

Wie beneid' ich doch die guten
Eskimos im Nordlandspfuhl,
Deren Zustand äußerst prima
Bei behaglich lauem Klima
Von zwei Graden unter Null …!

Denn bei uns, am Wiener Nordpol,
Friert man zwanzigmal so viel!
Alle Zähne klappern kläglich
Und der Satz: »Verkühl' dich täglich!!«
Gilt, auch ohne daß man's will …

Uns're Kalorienzufuhr
Restringiert sich schrecklich knapp,
Was dem Bürger seine Ruh' nimmt,
Weil die Kälte täglich zunimmt,
Doch der Brennstoff, der nimmt ab …

Mit dem Holz sind wir am Holzweg
Und brikettleer starrt die Box.
Starrkrampf naht auf Eisessohlen,
Denn weil Kohlen rasch verkohlen,
Anthrazittert man beim Koks …

Jede Wiener Maid bleibt frostig,
Wenn des Mannes Blut auch wallt …
Fühlt er trotzdem Lenzestriebe,
Spricht er glühend ihr von Liebe –
Schweigt sie kühl und lächelt kalt …

Kalt läßt uns der Nationalrat,
Wenn der Kampf auch hitzig ist;
Der umstrittenste Parteisieg
Der berührt uns nur mehr eisig,
Weil der Frost zur Frist uns frißt …

Doch da hebt der liebe Fiskus
Hilfsbereit schon seinen Arm:
Mit dem Pfeil, dem Steuer-Bogen
Kommt der Referent gezogen
Und – da wird uns langsam warm …

So sorgt unser Staat voll Eifer
Für gedeihliches Gedeih'n,
Stets bestrebt zu unser'm Wohle:
Fehlt's dem Bürgersmann an Kohle,
Heizt man ihm mit Steuern ein …

18. Februar 1929

Endlich Frühling …

Endlich hält der durch Herrn Hildach
So berühmte Lenz Entrée
Und auf jedem Domizildach
Schmilzt schon ratenweis' der Schnee.

Zephir raunt in allen Bäumen
Seine ewig neue Mär',
Von der junge Mädchen träumen
Und die ältern Herr'n noch mehr …

Ans Orakelblumenzupfen
Denkt die kurzberockte Fee;
Jede Grippe wird zum Schnupfen,
Jede Bank zum Séparée …

Sexualitätlichkeiten
Werden wieder aktuell
Und man sucht sie einzuleiten,
(Notabene möglichst schnell!)

Mädchenarme schlingen enger
Sich um manchen Jünglingshals …
Und die Tage werden länger
Und die Nächte – ebenfalls …

Silbern blickt die Mondessichel
Nieder auf den Liebesbund
Und entsetzt sieht Berta Pichl
Zärtlich-süßen Schmutz und Schund.

Also schweigen meine Verse
Heut' im Hauch der Frühlingszeit,
In durchsonnten Blütenhainen …
Doch bis sie im Druck erscheinen,
Möglich daß es wieder schneit …

18. März 1929

Abgeblasen …

Endlich! Schluß mit dem Manöver
Und dem Glaubenskampfgetümmel!
Hasenclever
Sperrt for ever
Seufzend zu dem Ehehimmel …
Aus dem Reinhardt-Stab die Herren
Um die Vorreklame weinen
Und sie trocknen bitt're Zähren
Mit dem Tuch aus Irlandleinen …
Hei! Welch' dumpfe Klagetöne
Drangen selbst aus Werbezirken:
»Magdalene
Auf der Szene?
Ein Verbot muß man erwirken!«
Doch die Gegner im Gefechte
Den Zeloten
Zürnend drohten:
»Hände weg vom Meinungsrechte!
Das Verbieten ist verboten. …!«
Bis auf Wellen des Marconi
Her zu uns ein Machtspruch flitzte
Von Camillo Castiglioni,
Der den lieben Gott beschützte …
Ferne liegt es mir, zu richten.
Die Satire hat heut' Schontag …
Aeußerst glimpflich will ich dichten
An dem ersten Frühlings-Montag:
Stückbekritteln ist 'ne Sache
Nur für Leute, die hereingeh'n!
Wozu die Empörungsmache?
Damit *noch* mehr Bühnen eingeh'n?!
Ach! Der Schlußsatz dieser Glossen
Schafft Thalien nur Beschwerden:
»Ehen werden im Himmel geschlossen,
Theater – auf Erden …«

25. März 1929

Oster-Reminiszenz …

Osterglocken klangen
Heuer, gottlob, schon im März
Und auf leichten Schwingen schwangen
Jubelnd sie sich himmelwärts.

Zwar – vereinzelt sonnt die Primel
Sich noch in ersehntem Glanz,
Zwar – verschleiert ist der Himmel
(Wie am Salzgries die Bilanz).

Zwar – wenn die Natur erneuert
Froh den Lenzeshauch begrüßt,
Sind die Brote ungesäuert,
Doch das Dasein ungesüßt …

Aber trotzdem preisend türme
Lob auf Lob ich ungewohnt,
Denn es weichen Winterstürme
Endlich doch dem Wonnemond!

Eisbefreit sind Strom und Bäche,
(Was schon Goethe ausgesprengt)
Frühlingsahnend mancher freche
Jüngling an die Maid sich drängt …

Jeder kann im Freien freien,
Wenn er Zeit hat, stundenlang.
Holde Wedekindereien
Treibt man auf der Gartenbank …

Bald schon wird es Blüten schneien
In dem neu erwachten Wien …
Alles grünt. Nur die Parteien
Sind sich nicht besonders grün …

Darum soll mich Gott behüten,
Vor verfrühtem Frühlingslied,
Denn wer weiß, was trotz der Blüten
Heuer uns noch alles blüht ...?

2. April 1929

Die keusche Stadt ...

Laut behördlichem Beschluß sollen
die Freudenmädchen aus den Straßen
der Inneren Stadt verbannt werden.

Keusch wird nun die Kärntnerstraße,
Weil der Staat mit Liebe kargt ...
Die diversen Frauenzimmer
Tragen selbst am Fleischmarkt nimmer
Ihr kulantes Fleisch zu Markt ...

»Pst! Mir wer'n sich amüsieren!«
Dieser Ruf uns nicht mehr lockt ...
Trauernd ziehen jetzt von hinnen
Alle Gunstgewerblerinnen
Und die Zucht der Unzucht stockt ...

Denn es ist die Pflicht des Staates,
Unbedingt und zielbewußt
Die Moral zu unterstützen
Und den Bürgersmann zu schützen
Vor der eig'nen Fleischeslust!

Stumm umgürtet jede Circe
Mit dem Keuschheitsgürtel sich
Und macht obrigkeitsergeben
Einen Strich nun durch ihr Leben,
Statt zu leben durch den Strich ...

Grollend ob der Delogierung,
Legen völlig umsatzlos
Damen oberwähnter Stände
Müßig nur die eig'nen Hände
In den strapazierten Schoß ...

Also bilden wir geläutert
Das Idol des Tugendstaats,
Laßt Erotik den Fallotten!
Laßt Paris seinen Kokotten!
Unser Vorbild nennt sich Graz!

Darum liegt die Keuschheit nahe,
Doch der Arbeitswille weit,
Weshalb auch bei uns die meisten
Schon seit langem nichts mehr leisten –
Als den Offenbarungseid …

Aber unser wird das Ausland
Durch der Tugend hehren Schritt!
Vielleicht, da' wir's gar erleben,
Jetzt mit der Moral zu heben
Gleichzeitig auch den Kredit?

Doch die Stirn des Völkerbundes
Zeitigt manche Sorgenfurch',
Schreibt man uns ins Zeugnis rügend:
»Sitten: Eins! Fleiß: Nicht genügend …«
Und die Anleihe fällt durch …

15. April 1929

In Erwartung …

»Kein Bewerber?« tönt die Frage;
Doch kein Kanzler meldet sich
Und so bleibt bei uns die Lage
Dauernd unveränderlich …
Saure Tage, Streit und Aerger,
Wigel-Wagel-Politik,
Und der Doktor Mittelberger
Zog geräuschvoll sich zurück …
Die Verfassung der Verfassung
Uns jedoch ganz nüchtern läßt.
Wichtiger erscheint hingegen
Der Festwochen Wochenfest:
Hei! Ein Schauspiel, ein immenses,
Hat man für uns auserwählt.
Motto: panem et circenses,
(Wenn's auch oft an panem fehlt …).
Doch wenn Spiele uns erheben,
Denkt kein Mensch an Brot und Not,
Denn weit mehr als unser Leben
Int'ressiert uns Dantons Tod …
Und so denk' trotz aller Nöte,
Trotz Debatten (lies: »Geschwätz«)
Ich an das Zitat von Goethe,
(Gott behüt' nicht an den »Götz« …)
Das den »Schatzgräber« erlöste
Einst an mitternächt'gem Ort:
»Saure Wochen – frohe Feste,
Sei dein künftig Zauberwort!«
Und ich harr' in diesem Sinne
Auf das Amüsement en gros:
Saure Wochen gab es reichlich –
Vielleicht sind die Feste froh …

29. April 1929

Das neue Kabinett …

Neu macht bekanntlich alles
Der Wonnemonat Mai …
Deshalb schafft er auch heuer
Uns're Regierung neu.

Denn auf die Oberhäupter
Legt man bei uns Gewicht,
Weil ohne Kopf ging's immer,
Doch ohne Haupt geht's nicht …

So blüht uns jetzt politisch
Ein Wohnungsnotgefrett,
Denn groß sind die Parteien
Und klein das Kabinett …

Klein ward bei uns ja alles,
So klein wie unser Staat …
Wir sind (bis auf den Dalles!)
In Duodez-Format …

Doch lockt nach Winterjammer
Des Frühlings später Traum,
Ist in der kleinsten Kammer
Für größte Hoffnung Raum:

Man huldigt Streeruwitzen
Und hofft ganz still dabei,
Daß klug und streeruwitzig
Der neue Lenker sei …

Man hofft, daß nach dem Aerger,
Der uns so alteriert,
Für uns der Mittelberger
Viel Mittel bergen wird …

Man hofft, daß die Regierung
Bequem sitzt im Fauteuil
Und daß sie stramm behütet
Jedwedes Portefeuille …

Und man erhofft vor allem,
Als Hoffnungs-Resumée,
Statt all der Portefeuilles
Ein einz'ges Portemonnaie …

6. Mai 1929

Firmung …

Tropft es auch von Regenschirmen
Und der Himmel wölbt sich grau,
Eilt man dennoch nach dem Firmen
In die Wurstelprater-Au:

Ringelspiel, Radau, Gejodel,
Watschenmann und Firmlingsfreud'
Und das Goderl der Frau Godel
Wackelt vor Vergnüglichkeit.

»Nobel sein ist Renommée-Ding!
Kinder, schafft's euch recht viel an!«
Sagt der ferne Göd aus Göding
Zu den Sprossen aus Kagran:

Zuckerbretzel, Karlowitzer,
Würstel, Gurken, Eiskaffee,
Bier und Waffeln, Käs' und Spritzer,
Dulliöh und Diarrhöe!

Konfirmanten starren selig
Auf die Kette und das Uehrl
Und der Göd, nicht minder fröhlich,
Auf manch' g'stelltes Weaner Girl …

Und greift nächtlich dann im Prater
Weingetränkte Stimmung Platz,
Hat der Firmling einen Kater
Und der Firmgöd eine Katz' …

Durch des Trubels bunte Zonen
Schlend're ich und denke gleich
An den Firmling der Nationen:
An das kleine Oesterreich …

Einen Paten gern es hätte
Von splendidester Natur,
Der uns schenkt zu uns'rer Kette
Eine möglichst gold'ne Uhr …!

Aber niemand will uns schirmen,
Uns'rer Pleite eingedenk,
Denn die Firmen, die uns firmen,
Warten selber auf's Geschenk …

27. Mai 1929

Künstler-Rummel …

Leerstes Stroh ward wild gedroschen
In der Bühnen-Intendanz:
Straf-Pönale! Fahrscheingroschen!
Kampf: Hie Kunstwerk – hie Instanz …!

Der Eklat steht an der Schneide
Durch die Schneid vom Schneiderhan …
Drohend hallt durch's Burg-Gebäude
Manch' bewährtes Pracht-Organ …

Denn der Mimen edle Reihe
Schreit es in die Welt hinaus,
Daß die Hausordnung, die neue,
Jede Ordnung stört im Haus!

Akteträger stürmen wuchtig
Gegen eine Aktenzahl
Und selbst Herterich schreit fuchtig:
»Also jetzt werd' ich neutral …!«

Unaufhaltsam, unerloschen
Flammt der Ruf her vom Parnaß:
»Lieber Staat, geh', halt' die Groschen
Und erlass' uns den Erlaß!

Braucht das Kind denn einen Namen?
Gibt es Kunst-Bürokratie?
Braucht man zur Regie der Dramen
Vielleicht die Tabak-Regie?

Hat denn Platz im Musenhimmel
Aktenstoß und Aktenstuß?
Ist des Amtes ew'ger Schimmel
Etwa gar der Pegasus …?«

Das Aerar als Kunstberater
Ist wohl kaum ein Lächeln wert …
Unser Staat ist ein Theater –
Aber doch nicht umgekehrt …!

10. Juni 1929

Dauer-Rekord ...

Eine Art von Siegesfeier
Hat man sich zusamm'geschnorrt:
Unser Ländchen liefert heuer
In Rekorden den Rekord ...

Zwar, gottlob, der einst beliebte
Start der Hungerkünstler fehlt,
Die den ständigen Jomkippur
Sich zum Broterwerb gewählt,

Doch im nämlichen Reviere
Es jetzt Remplacanten gibt,
Als beflissene Fakire
Einer Zeit, die so was liebt:

Dauertänze, Dauerspieler,
Festzug von Fünfstundendauer!
Dauerkunst – bedauerlich
Folge: Dauersonnenstich ...

Kann der Dauer-Unfug frommen?
Steigt der Wahnsinn fort und fort?
Ach, man hat sich übernommen
Und d'rum bricht man den Rekord ...

Angesichts der Dauer-Welle,
Die uns jählings überrannt,
Flammt in uns die Schicksalsfrage
Lodernd hell im Dauerbrand:

Ob wir wohl die *Dauerkrise*,
Die uns *dauernd* längst beschlich,
Auf die Dauer überdauern?
Ach, die Antwort – *dauert* mich ...

17. Juni 1929

Ländliche Dämmerung ...

Violett der Abendhimmel
Hinter dunklen Wäldern glüht
Und die Vögel zwitschern leise
Pflichtgemäß ihr Schlummerlied ...

Zwei versprengte Heimwehrmänner
Hasten heimwärts eilig grad',
Lyrisch ist die ganze Stimmung
Wie von weiland Freiligrath ...

Herden traben, glöckchenklingend,
Stallwärts ihres Wegs fürbaß;
Ein paar Ochsen an der Spitze
Brüllen ohne Unterlaß.

Kälber kommen nachgetrippelt,
Lämmchen folgen ihnen blind
Und der Stier gustiert die Kühe,
Die zum Flirt geeignet sind ...

Wiederkäuend zieh'n die Scharen
Durch des Abends Violett ...
Ich schau' nach, politisch-kritisch –
Und das Gleichnis ist komplett:

Immer sind's die größten Ochsen,
Deren Brüllen dominiert,
Hochgeehrt vom Heer der Kälber,
Die ihr Ruf zur Schlachtbank führt ...

Lämmlein harren gottergeben,
Unentrinnbar ihrer Schur
Und der Stier, der steht daneben
Als Symbol der Konjunktur ...

1. Juli 1929

Das verschlossene Paradies …

Einzelne Nester haben beschlossen,
jüdischen Sommergästen den Zutritt zu verwehren.

Wer mosaisch, fühlt ein Grausen,
Kühdreckstecken bricht jetzt los!
Schruns und Nixdorf-Jauchenhausen
Sind antisemitleidslos.

Im Gebirg' stürzt den Verjuder
Der Natur man glatt vom Fels
Und am See gibt's ein Geruder
Ob der Kinder Israels!

Bei Andreas Hofer-Bärten
Brodeln muß der Jud' im Topf,
Denn es stieg den werten G'scherten
Ihre Sendung stolz zu Kropf …

In den Weißenseer Häusern
Heißt es: »Hakenkreuz ahoi!«
Und es dient jetzt sogar Goisern
(Siehe Name!) nur dem Goi …

»Juden 'raus!« tönt's wie im Fieber
Längst der Traun selbst hie und da …
Greift dann auch auf Ischl über –
Ist die Katastrophe nah …!

Ueberblicke ich die Lage,
Und zwar möglichst objektiv,
Dämmert plötzlich eine Frage
Mir im Schädel intensiv:

Wenn so grimmig aller Erden
Man das Volk Jehovas flieht,
Warum macht bei Heimwehrspenden
Man nicht auch den Unterschied?

Die Schalmei wird nie zum Schofer,
Kein Rabbiner zum Vikar;
Andreas und Sigi Hofer
Werden nie ein Brüderpaar …

Auch der Sterz schmeckt nicht wie Scholet –
Und stets trefe bleibt das Schwein –
Doch beim Geld sagt man »non olet«,
Man spukt aus – und steckt es ein …

15. Juli 1929

Kriegsbeginn ...

Brenzlich brandet es in Mukden
Jetzt explosionsbereit
Und gemahnt an die verruckten
Dinge anno Heldenzeit.

Kreischend dreht des Schicksals Schwungrad
Sich im Kriegshasardspiel schnell,
Denn Lenin*grad oder ungrad*
Heißt das Spiel, das aktuell ...

Tief durchbebt von der Bedeutung
Dieses Streichs der Weltgeschicht',
Such' ich schleunigst in der Zeitung
Nach entsprechendem Bericht.

Und ich les': »Oh Schreckensszene
Der verfehlten Politik,
Kämpfen wild des Himmels Söhne
Gen die rote Republik!«

»Aufruhr stürmt die Friedensfesten!
Ohne Grund und ohne Sinn
Opfert man die Ersten, Besten
Glatt für die Erstbesten hin ...«

»Wirre Fäden wirrer Fehden
Knüpft der ewig neue Haß!
Kühne Mannen fordern Waffen,
Handgranaten, Tränengas ...«

Und ich seufze: »Arme Völker,
Um euch *beide* steht es bös'!«
Aber plötzlich merk' ich staunend,
Daß ich ganz was Falsches les'.

Denn – es ist gar kein Artikel
Ueber Mukden und Charbin –
Nein, die Ueberschrift, die lautet:
»Der Parteienkampf in Wien ...«

22. Juli 1929

Massen-Psychose …

Die Hitze steigt und mit ihr der Skandal
Der endlosen Lainzer Affäre.
Es schuf uns Qual nur die Wahl des Wahl
Und beim Brandl brandelt Misere …

Wer mordet *wo*? Und *wann* mordet er *wen*?
Und *wer* war mit *wem* 'mal im Tierpark?
Dort ist etwas g'scheh'n und d'rum muß auch was g'scheh'n!
Der Tierpark ist doch kein Vexierpark!

Zum Sherlock Porges wird jeder Kommis
Als kühner Vermutungs-Starter;
Erneute Spuren verfolgt voll Genie
Herr Adabei à la Nick Carter:

»Der Hausmeister weiß was, – doch sagt er's nicht laut …«
»Die Oebstlerin flüstert am Standel …«
»Frau Pivonka hat jüngst verdächtig geschaut
Und hat einen Astrachan-Mantel …«

»Der hatscherte Greisler, der wohnt doch in Lainz
Und ging immer mit einer Fremden …?«
»Und, bitte, woher hat der Flickschuster Greinz
Auf einmal das Geld auf zwei Hemden …?«

Das Hirn wird gemartert, die Hitze verflucht,
Das Bad lockt vergeblich bezwingend –
Denn statt daß ein jeder die Abkühlung sucht,
Sucht jeder ein Alibi dringend …

Ich sitz' unter schattigem Strandhüttendach,
So gelb wie ein waschechter Kuli,
Und ununterbrochen denk' heimlich ich nach:
Wo war ich am 17. Juli …?

29. Juli 1929

Ost und West …

Im Wildbad von Strobl
Im gold'nen Westen
Gibt's großen Auftrieb
An Badegästen.
Frau Blaustein nebst Jüngling
(*Sie* sagt, der Bruder)
Macht eine Regatta,
(Zu deutsch: Geruder).
Geliebteste Mädels
Voll Fleiß erzeugen
Gedankenstriche
Aus Schnitzlers »Reigen« …
Man freut sich des Lebens
Und flucht den Spesen –
Kurzum es ist alles,
Wie's stets gewesen …
Dagegen in Ischl,
Das östlich gehalten,
Herrscht Dichten und Trachten
Und Schalten und Walten!
Es quillt jeder Einfall
Aus goldener Schale,
Quillt Aktschluß und Abschluß
Und Grand-Finale.
Auch Glanz-Melodien
Belauscht, bewundert,
Beklopft und beschrien:
»Tui, tui, – bis hundert …!«
Kurzum, resümierend
Sagt man absolut sich:
Im Westen nichts Neues –
Im Osten – tut sich …!

12. August 1929

Zurück vom Urlaub …

Abgebrannt (nicht nur von Sonne!)
Kehrt nebst Gattin, Maid und Bonne
Heim der Mann von Urlaubsweiten
Und dann wird von Freundesseiten
Jubelnd, schadenfroh geschrie'n:
»Willkommen in Wien!«

In total entwöhnten Zimmern
Muß er sich um's Dasein kümmern …
Er spaziert verdrossen nur
Auf dem Flur statt auf der Flur
Und es stinkt nach Naphthalin …
Willkommen in Wien …

Kurverjüngt von Kopf bis Wädchen
Fühlt die Mutter sich als Mädchen;
Vice versa, resoluter,
Fühlt das Mädchen – ach – sich Mutter …
Aus ist aus und hin ist hin …
Willkommen in Wien …

Tout Vienne ist auf den Füßen
Um die Heimkehrer zu grüßen.
Selbst die seriösen Gruppen
Uns'rer Schutz- und Heimattruppen
Schießen emsig her und hin …
Willkommen in Wien!

Auf dem Tisch ruht manche Mahnung
Und im Herzen bange Ahnung …
Ausgleich … Rechnung … Zins und Steuer
Und der alte Pleitegeier
Krächzt mit neuen Energie'n:
»Willkommen in Wien …«

26. August 1929

Reiner Wein ...

Schon reift an den Stöcken die Traube,
Schon reift in den Herzen das Glück,
Schon reift in den Köpfen der Glaube
An rohe Gewaltpolitik ...

Schon glüht auf das Rebengeranke
Die Sonne durch herbstliches Grün,
Schon glüht der geheime Gedanke
An Bürgerkriege in Wien ...

Bald gärt in beschwefeltem Fasse
Der edle goldschimmernde Wein,
Bald gärt in beschwefelter Masse
Die Lust an Bestemm-Macherei'n ...

Und wie durch Profit-Pantschereien
Verfälscht wird das köstliche Naß,
Verfälscht man den Sinn der Parteien
In hohlem politischem Faß ...

Na ja, mit dem Unterschied eben,
Verehrte, verhetzende Clique:
Das Faß ist von Reifen umgeben,
Von Unreifen – die Politik ...

2. September 1929

September …

In trüb-pessimistischem Lichte
Erblondet der herbstliche Wald
Und sacht konkursieren Gerüchte
Bereits in konkreter Gestalt …

Die Vorsommerzores entkampfern
Heimkehrer der Börs' und Finanz
Und eilen auf *Ueber*seedampfern
Nach Haus zu der *Unter*bilanz …

Die bankdirektorischen Sekten,
Vom Sommerschlaf jählings erweckt,
Beschäftigen sich mit Effekten,
Doch effektiv ohne Effekt …

Auch sind alle Marys und Dorrits
Beim Gatten daheim angelangt.
Vorbei ist der Flirt von Sankt Moritz
Und Moritz steht da – ohne Sankt …

Die Blätter erröten, ergelben
Im üblichen herbstlichen Kleid,
Doch sind die Gewitter dieselben
Wie einstens zur Hunds-Tageszeit …

Das Leid klingt in Moll durch die Länder,
Doch lacht noch die Sonne in Dur.
Zwar ist es schon Herbst laut Kalender,
Doch Sommer laut Temperatur.

Drum fragt auch in Unschuld, in frommer,
Der Kai in verzagtem Jargon:
»Ist das noch die Pleite vom Sommer
Oder schon der Beginn der Saison …?«

9. September 1929

Im Westen nichts Neues …

Ein Standard-Werk brilliert wie nie
Voll herber, stiller Poesie
Im Lärm des Marktgeschreies.
Deß Titel trotzdem, Tag und Nacht,
Mich schlagergleich rebellisch macht:
»Im Westen nichts Neues …«

Die Höfer-Meldung ist nunmehr
In höchstem Grade populär
Als kühnes Wort, als freies,
Und jeder Bürger jedes Staats
Sagt statt des barschen Götz-Zitats:
»Im Westen nichts Neues …«

Steh' ich vor Sonnenaufgang schon
Am Fenster oft beim miesen Ton
Des ersten Hahnenschreies,
Erblaßt im Dämmer rings das All –
Im Osten glüht der Sonne Ball –
»Im Westen – nichts Neues …«

Wird Palästinas Judenschaft
Im Massenmord hinweggerafft –
Was schert den English boy es?
Im Osten brennt's, er meldet schlicht
Im Situationsbericht:
»Im Westen nichts Neues …«

Und – last but least: In Wien, erschreckt,
Erwartet alles den Effekt
Des Bürgerkriegsgeschreies!
D'rum hört man auch im Augenblick
Von uns'rer Heimatspolitik
Am besten – nichts Neues …

16. September 1929

Endlich ...!

Heil! Der Stachel ist entgiftet,
Den man einst ins Hirn uns stieß:
Das Geheimnis ward gelüftet,
Das Ferdinand Bruckner hieß!

Denn nicht stets sympathisiert man
Mit dem simpeln Dichter bloß,
Aber dafür interessiert dann
Namenlos er namenlos ...

Detektive forschten wacker
In der Welt des falschen Scheins
Und sie klärten den Fall Tagger
Rascher als den Mord in Lainz ...

Plötzlich strahlt des Wissens Helle
Durch die Dunkelheit geschwind
Und mit jäher Blitzesschnelle
Wissen wir, woran wir sind!

Zwar weiß niemand, ob zerstückelt
Wir noch lange Fehde schrei'n,
Ob die Zukunft sich entwickelt
Weiter ungemein gemein ...

Niemand weiß, ob die entfernte
Hoffnung der Parteien siegt,
Daß nach wohlgelung'ner Ernte
Alles hübsch im Schober liegt ...

Niemand weiß, ob unser Streben
Aussichtsreich erscheint zur Frist,
Niemand weiß, wovon wir leben ...
Doch man weiß, wer Bruckner ist ...

30. September 1929

Theatersaison ...

Langsam bahnen sich die Bühnen
Steile zum Saisonzenith.
Welcher blüht wohl unter ihnen –
Der Prophet und der Profit?

Librettisten gehen schwanger
Mit der jüngsten Geistesfrucht ...
Von Berlin bis Steinamanger
Wird erdacht, geprobt, gesucht.

Komponisten komponieren
Teils beseelt, teils à la mode,
Und sie ärgern sich nach Noten
Ueber krasse Noten-Not ...

Mimen wandeln, rollentragend,
Gnädig durch Thaliens Haus,
Jeder Zoll ein Emil Jannings,
Noch vermehrt durch Werner Krauss ...

Direktoren steh'n und fassen
An den Kopf sich sorgenschwer:
Zwar hat Breitner nachgelassen,
Doch das Publikum noch mehr ...

Kurzum: Jeder hofft betreten
Auf der Bühnen neues Heil.
Selbst die Herr'n Kollegen beten
Aber – für das Gegenteil ...

7. Oktober 1929

Wassernot ...

Stündlich keimen neue Sorgen,
Zores sind jetzt in der Mod' ...
Jede Zuversicht geht flöten
Und zu all den andern Nöten
Kommt jetzt noch die Wassernot ...

Ach, in diesen trüben Tagen
Stellt sich herb das Schicksal ein!
Allerorten hört man's klagen:
»Uns das Wasser abzuschlagen,
Ist doch wirklich zu gemein ...«

Zwar in traulich-alten Beiseln
Ist man trotzdem stimmungsfroh,
Denn dort predigt jeder Schwasser
Prohibition contra Wasser ...
Motto: »Nur ka H^2O!«

Doch im Dasein wird das Da-Sein
Uns bestemmhaft sehr erschwert.
Wie vorm neuen Tor die Ochsen
Stehen wir vor Paradoxen,
Die das Leben uns beschert.

So zum Beispiel jetzt soeben
Bei dem Streik des Quellgesteins:
Uns're Lage wird stets krasser;
Bis zum Hals geht uns das Wasser
Und – wir haben trotzdem kein's ...

14. Oktober 1929

Zoo-Logisches ...

Herbsttag im Schönbrunner Garten ...
Mensch drängt sich vorm Tier zuhauf ...
Und da drängt sich auch ein Gleichnis
Mir direkt von selber auf ...

Nämlich – weil ja uns're Lage
Jetzt so viehisch wie noch nie,
Weih' ich diese Kata-Strophen
Der Finanz-Zoologie:

Da durch jenes Bank-Debakel,
Das uns allen jüngst passiert,
Manche altbewährte *Anstalt*
Boden an *Kredit* verliert,

Denk' ich all der stolzen *Löwen*
Auf des Geldmarkts Wüstenland,
Wild umflattert von den *Möwen,*
Die sich Mewen einst genannt ...

Wenn der schwarze *Stier* sich wütend
Einen Anlauf nimmt zur Frist,
Kommt zum *Hund*, auf den wir kommen,
Noch die *Katz'*, für die es ist ...

Und sobald der Pleite-*Geier*
Seine Schwingen schwingt geschwind,
Liebt der *Löwe* dann die *Schäfchen* –
Wenn sie hübsch im Trock'nen sind ...

Sinnend blickt ein alter Orang
Durch des Käfigs Gitterdach:
Mensch, da lass' ich dir den Vorrang,
Das macht dir kein Affe nach ...

21. Oktober 1929

Krankenbesuch …

Frau Austria, Sie sind so blaß?
Sind Sie am Ende kränklich?
Ich hoff' aus vollster Seele, daß
Ihr Zustand unbedenklich …

Sie haben, mein geprüftes Kind,
Gewiß nur Angstpsychose,
Viel Aerzte, die sehr teuer sind
Und keine Diagnose …

Es gibt auch kein Bulletin zur Stund',
Weil's ungern publiziert wird,
Man nimmt das Blatt sich vor den Mund,
Das sonst gleich konfisziert wird …

Doch *ich* erkenn' Ihr Leid geschwind:
Es nennt sich Unterlassung …
Und überhaupt, mir scheint, Sie sind
Nicht in der rechten Verfassung …

28. Oktober 1929

RUNDFRAGEN

Gelegenheitsgedichte

Was uns're Prominenten zum Christkindl bekommen haben

Das Christkind hat mich heimgesucht,
Wie jeden braven Jüden.
So sei getreulich hier verbucht,
Was es mir hold beschieden:
Von meiner Gattin kriegte ich,
An diesem heil'gen Tage,
'nen seidenschwanger'n Morgenrock,
Den ich stets abends trage …
Es streift mein glückberauschter Blick
So manch' Geschenk vergnügt …
Nur die Tantiemen von mein' Stück,
Die hab' ich nicht gekriegt …

Neues 8 Uhr-Blatt, 27. 12. 1924

Was ich von 1925 erwarte

Knittelreime

Was ich von 1925 erwarte?
Daß ich auf recht viel Plätzen starte,
Daß mein Herz Freude immerfort hat
Und Grünbaum *einmal* das vorletzte Wort hat.

Daß ich mit lustigen Revues
Erfolgreich sei bis zirka Schwues,
Daß ich sie selber führ' zum Siege
Und meine Tantiemen kriege.

Daß ich mich nicht in Qualen winde,
Wenn ich einmal 'nen Reim nicht finde –
Kurz – ich wünsch' mir alles das, was schön –
Und was jeder sich selbst wünscht –
Soll *mich* angeh'n ...!

Die Bühne, Nr. 8, 1. 1. 1925

Berühmte Wiener aus Budapest

Gedenke ich vergang'ner Zeiten,
(Was oft sich nicht vermeiden läßt),
Seh' ich im Geist vorübergleiten
Das traute Bild von Budapest …

Das war ein Städtchen, lieber Leser,
Ganz anders, als du's heut' erspähst,
Weil noch durch keinen Reichsverweser
Das ganze Reich so gut verwest;

Als glücklichste der Nationen
Strich Magyarország sich den Bart,
Bevor durch Windischgrätzionen
Der Franc zur Ungarn-Währung ward …

Im Januar, an manchem Schneetag,
War ich als Jüngling hochbeglückt,
Wenn auf dem Korso Sári Fedák
Mich äußerst flüchtig angeblickt;

Und auf dem Körut meiner Heimat,
Woselbst die Lichter angesteckt,
Erweckte manch' betagte Freimad
Den amourösen Intellekt …

Vollbärtig, wie ein Komitatschi,
Zog Szöke Szakáll durch die Stadt,
Und Reinitz (siehe Béla Bácsi)
Beschrieb mit Noten manches Blatt.

Ich liebe Pest, den stolzen Hafen
Verrauschter rot-weiß-grüner Macht,
Wo jeder Ungar gut geschlafen
Und jeder zweite jetzt erwacht …!

Wo man im Városliget lieget,
Im grünen Gras zur Sommerszeit,
Und auf der Margitsziget sieget
Der Jüngling über Sprödigkeit …

Viel fällt mir ein in Intervallen,
Was sich hier nicht gut schildern läßt –
Vor allem ist mir eingefallen:
Ich bin gar nicht aus Budapest …

Die Bühne, Nr. 63, 21. 1. 1926

Gefällt es Ihnen noch in Wien?

Ob es mir noch in Wien gefällt?
Die Antwort scheint mir schwierig:
Teils fällt sie ins Ressort vom Geld
Und teils in das der Lyrik.

Wien war die Stadt der Weiblichkeit,
Der Pepi und der Mali,
Die Stadt der himmelblauen Zeit,
Des Weins und der Finali.

Heut', an des Walzers Katafalk,
Ist Wien nicht mehr so proper …
Wo bleibt der Frohsinn? Wo der Schalk?
Zwar – der bleibt in der Oper!

Und trotzdem künd' ich froh und frei:
In dieser Stadt der Raunzerei
Gefällt's mir ehrlich herrlich …
So schreib' ich unsentimental
Als Antwort lächelnd hin:
Wenn ich noch lang in Wien gefall',
Gefällt mir lang noch Wien …!

Die Bühne, Nr. 82, 3. 6. 1926

Die Tücke des Objekts ...!

Eine Alltagstragödie

Es schwärmt die Maid in aller Stille
Für wenig Fülle und viel Hülle,
Weshalb es sie stets zu dem Mann zog,
Der einen schönen *Anzug anzog*,

D'rum, wenn der Gent zum Rendez-vous geht,
Es vor dem Spiegel gräßlich zugeht!
Muß er doch beim Krawattenbinden
Schon Schwierigkeiten überwinden:

Bemüht er sich auch intensiv,
Das Smokingmascherl sitzt stets schief,
Schief wie der schiefe Turm zu Pisa –
(Wie er im Spiegel vis-à-vis sah ...)

Er zerrt daran nicht unerheblich
Voll Manneskraft – jedoch vergeblich ...
Doch bald wankt er erschöpft zum Wandtisch
Und fühlt sich schrecklich nebochantisch ...

Jedoch, entflammt zu neuem Streite,
Versucht er's listig von der Seite!
Da seufzt er wiederholtemale
Und geht dann in die Vertikale ...

Womit er den Erfolg erringt,
Daß ihm der Kragenknopf entspringt ...!
Mit achtfach potenziertem Fluche
Macht er sich hastig auf die Suche,

Beschnüffelt jede Dielenspalte,
Rutscht auf der weiland Bügelfalte
Und kämpft kraft seines Intellekts
Gegen die Tücke des Objekts.

Man sieht ihn unter'm Bette landen,
Zerschunden von *sekanten Kanten*,
Ein unglückseliges Geschöpferl,
Gehetzt von einem Kragenknöpferl ...

Schon schnappt hinter durchfurchter Stirn
Der Wahnsinn nach dem Denkerhirn ...
Trüb sieht er, während Tränen blinken,
Sein Rendez-vous ins Nichts versinken ...

Er schluchzt noch einmal bang und tief!
Dann schreibt er einen Abschiedsbrief,
Und löst durch des Revolvers Mündung
Die Seele von des Körpers Bindung ...

Nun ruht er stumm nach den Ekstasen
Ganz ohne Rasen unter'm Rasen
Und eine schlichte Inschrift kündet,
Warum er sich daselbst befindet:

»Hier ruht K. F., das arme Hascherl,
Mit projektildurchbohrtem Kopf,
Er starb an einem Smokingmascherl
Nebst unheilbarem – Kragenknopf ...«

Die Bühne, Nr. 157, 10. 11. 1927

Prosit Neujahr!

Silvesternacht! In letzter Stunde
Geb' ich dem Heft der »Bühne« heut'
Beim frohen Klang der Neujahrsglocken
Die dröhnend mit Frohlocken locken,
Im Festgeläut das Festgeleit:

Mein Resumée sei nicht politisch,
(Denn sowas stört die Laune nur)
Nicht zeitsatirisch und sarkastisch,
Ich wandle nur farkastisch-drastisch
Auf langgewohnter Reime Spur.

Was kümmert's mich, daß Völker fechten
Um jeden Zoll von Maut und Zoll?
Ich weile heut' in höhern Sphären ...
Es spielen sogar die Affären
Des Kronprinzen Carol ka Roll.

Auch Rassen- und Parteienfragen,
Die existieren nicht für mich.
Vergessen ist, was sie bezweckten.
Beim Sekt, da gibt es keine Sekten,
Nur Menschen, gut gelaunt, wie ich.

Prosit Neujahr! ... Alles aus Liebe!
Wenn zärtlich sich zu dieser Stund'
Um uns viel blonde Schlangen schlingen,
Dann muß man Hallelujah singen
Und glücklich sein – auch ohne Grund.

Selbst der Nordwestbahnhof blickt freudig
Auf neuen Sportimpuls in Wien.
Wo unter möglichst lautem Jodeln
Diverse Weiblichkeiten rodeln,
Auf Soda und auf Naphthalin.

Das höchstpassivste Masculinum
Dort wieselgleich die Glieder rührt
Im Kreis von Fritzi, Annie, Nora –
Das reinste Soda und Gomorrha,
Zum Zweck der Paarung durchgeführt!

Und wenn die schwachen Energien
Verweigern neuen Lebensstoff,
Dann können heut' sich schon die meisten
Ein Dutzend Leistendrüsen leisten,
Dank Herrn Professor Voronoff!

Darum »Kopf hoch!« das sei das Motto!
Das neue Jahr sei strahlend schön!
Dies wünsch ich bei Silvesterpünschen.
Und was Sie alle selbst sich wünschen –
An *mir* soll's in Erfüllung geh'n ...!

Die Bühne, Nr. 164, 29. 12. 1927

Wie lernten Sie Ihre Frau kennen?

Eine indiskrete Rundfrage

Im wunderschönen Monat Mai,
Als alle Knospen sprangen,
Da ist's in der Regiekanzlei
Entsetzlich zugegangen.

Eine Naive, schlank und schmal,
'ne blonde, anmutsvolle,
Die machte einen Mordsskandal
Von wegen einer Rolle.

Sie jammerte so flehentlich
Und rang die schönen Hände,
Und nach und nach bemerkte ich,
Daß mich die *Blonde blende* ...

Da hab' ich gleich mit ihr »gespeanzt«
Und lächelte beklommen ...
Doch *sie* schrie: »Nehmen Sie mich ernst!«
No – hab' ich sie genommen ...

Neue Freie Presse, Nr. 22880, 27. 5. 1928

Wer ist Ihre Schönheitskönigin?

Jährlich frische Schönheits-Misses
Von New York bis Klagenfurt!
Stets gebiert man Standard-Beauties!
Ständig neue Miß-Geburten!

Und nun soll auch ich mich äußern,
Wem der Schönheitspreis gehört?
Welche uns'rer Landesdamen
All der Miß-Erfolge wert?

Äußerst heikel ist das Thema,
Äußerst kitzlig ist der Spaß –
Denn kein Mann ist gern der Paris
Bei vieltausend Helenas …

So erklär' ich denn als Ausweg
Aus Dilemma-Drahtverhau:
Wenn ich wählen darf, ich wähle
Unbedingt die eig'ne Frau …

Wiener Mittags-Zeitung, 27. 1. 1930

Wie verbringen Sie den Sommerurlaub?

Im herrlichsten Freilicht-Volumen,
In Edlach, da halte ich Haus,
Die liebliche Gattin pflanzt Blumen,
Mein Söhnlein reißt sie wieder aus …

Diogenes gleich in der Tonne
Genieß' ich die Einsamkeit hehr.
Wie Rampenlicht schimmert die Sonne,
Der Bach murmelt wie ein Souffleur …

So lockt mich die ländliche Aera,
Durch die ich die Bühne vergess'-
Doch fahr' ich auch an die Riviera
Nachtnächtlich im – »Traumexpreß …«

Neues Wiener Journal, 14. 6. 1931

In Edlach hab' ich eine Villa
Mit Gattin und Söhnchen darin.
Dort schimmert der Flieder so lila
Und da zieht's auch heuer mich hin.

Zwar ruft nach Berlin mich die Leinwand,
Und gleich zwei Theater nach Wien,
Doch gegen das Grün meiner Preinwand,
Erscheint mir selbst dies stagelgrün ...

Hier kann ich besonnen mich sonnen
Und frön' statt der Kunst der Natur ...
Vier Wochen schöpf' ich aus dem Bronnen
Der Ruhe in Wald und in Flur.

Doch dann saus' ich per Limousine,
Nach Wien, so geschwind ich nur kann,
Und steh' ich einmal auf der Bühne,
Dann fängt die Erholung erst an ...

Neues Wiener Journal, 29. 5. 1932

SAISON MORTE

Dichtung und Wahrheit

Opernredoute

Palmengruppen, Modepuppen,
Matt beclaquet erscheint der Gent …
Jeder tut, als hätt' er's eilig,
Doch der Abend, lang und -weilig,
Nimmt am Ende gar kein End' …

Bubiköpfe, Bubibrüste,
Dekolletés mit kühnem Schnitt.
Die trotz Sicht nichts sehen lassen –
Um dem Haus sich anzupassen:
Unbedecktes – Defizit …

Die Toiletten! *Die* Brillanten!
Diese Seiden! *Die* Velours!
Pollaks in der Loge sitzen;
Sie geht heut' in Brüssler Spitzen,
Er geht morgen in Konkurs …

Ballgespräche: »Na – die Schulden
Von der Frau Direktor Schön!
Selbst ihr Zahnarzt hat zu kriegen!
Und beim Lächeln voll Vergnügen
Zeigt sie unbezahlte Zähn' …«

»Ist der Hagere der Slezak?« –
»Schau, der Hofrat Wlk ist da …«
»Neben ihm Herr Doktor Rosen …«
»So was hat nicht Brot auf Hosen,
Aber Geld für Bälle – ja!«

Sacht versiegt der Born der Rede …
Die Jury blickt düster drein:
»Wenn nur bisserl Stimmung wäre!
Trotz der Fülle – diese Leere!
Uns soll's eine Lehre sein …«

Völlig lustlos starrt der Jüngling,
Unbefriedigt harrt die Maid …
Jeder unterdrückt sein Sehnen,
Jeder unterdrückt sein Gähnen
Und maskiert die Fadigkeit …

Die Familie hatscht nach Hause
Und der Vater brummt: »Na, Prost …«
Doch Mama sagt voll Bedeutung:
»Morgen steh'n wir in der Zeitung –
Das ist schließlich *auch* ein Trost …«

Stumm die ziemlich reife Tochter
In die Kemenate tappt …
Während grau der Morgen dämmert,
Seufzt ein jedes, schwer belämmert:
»Nötig hab' ich das gehabt …«

Weekend

Ab Mai, da blüht die Konjunktur
Des frohen Wanderstabes.
Doch weil man gern mondain verschnauft
Hat man in Weekend umgetauft
Den guten alten Schabbes …

Man sucht im Freien frei zu sein
Ohn' Unterschied der Klassen …
Da Aufmarsch untersagt ab heut',
Weiht man halt seine freie Zeit
Der Liebe statt dem Hassen …

Vereint genießt auf grünem Grund
Man süße Picknickfreuden:
Umgeben rings von Reseda,
Verzehrt man seinen Käse da,
Umweht vom Duft der beiden …

Es klopft das Herz, man sagt: »Herein!«
Und schenkt dem Fleh'n Erhörung.
So blüht denn in der Weekend-Zeit
Der vielbegehrten Weiblichkeit
Verehrung und Vermehrung …

Höchst zeitgemäß sorgt die Natur
Für künft'ge Alimente:
Die Kinderchen, die über Nacht
Uns seinerzeit der Storch gebracht,
Bringt heute – die Week-Ente …

Ferienreise

Ein Zyklus in fünf Leidensstationen

Entschluß

Wenn grüne Wiesen lockend grüßen,
Vom Sonnenspektrum wachgeküßt,
Wenn bunte Blumen üppig sprießen –
Die Großstadt nicht ersprießlich ist …
Man wird direkt zum Mauernhasser,
(Was ich in höchstem Grad begreif')
Der Körper lechzt nach Luft und Wasser.
(Und mancher vielleicht auch nach Seif' …)
Man träumt vom Landschaftspanorama,
Man schwärmt von einem stillen Fleck –
Da packt der Dichter sein' Pyjama
Und sein Notizbuch – und fährt weg …
Will Gott ihm rechte Gunst erweisen,
Gibt er ihm etwas Verse-Geld
Und schickt zu reduzierten Preisen
Ihn in die teure weite Welt …

Speisewagen

Sofort zu Anbeginn der Reise
Fragt sinnend man voll Unbehagen:
Soll ich wohl leichtsinnigerweise
Im Speisewagen zu speisen wagen?
Denn um zu reisen im Speisewagen
Gehört beim Speisen ein Reisemagen …
Und von den Speisewagen-Wagenspeisen
Kriegt selbst der Reisemagen – Magenreißen …

Doch trotz der Alliterationen
Seh' ich mich bald bei Tische thronen.
Mir vis-à-vis ein dicker Esser
Mit seiner ausgedehnten Frau.
Er frißt die Sauce mit dem Messer
Sie mit dem Löffel Kabeljau ...
Links sitzt ein Mädel vom Lyzeum,
Rührt mit der Gabel den Kaffee um
Und, arg vertieft ins Ullsteinbuch,
Vergißt sie oft das Taschentuch ...
Rechts hockt ein schwarzer Sohn der Pußtas,
Der trinkt Tokayer, denn er muß das!
Mit Selters gurgeln stumm zwei Yankees,
Weil Prohibition dort die Kränk' is' ...
Als Kapitän uniformiert
Der Ober das Menü serviert:
Die Suppe schmeckt wie laues Spülicht,
Die Vorspeis' nach Syndetikon,
Das Fleisch ist grau wie Moor im Frühlicht
(Und spricht den Zähnen sichtlich Hohn ...*

---

* Hier korrigier' ich rasch den Fauxpas,
Bevor ich dichtend es vergeß':
All dies gilt nicht für die Mitropa!
(Sonst krieg' ich noch 'nen Preßprozeß ...)
Auch meine ich in keinem Falle
Vielleicht die »Internationale«!
Wie ich ja alles, was ich schreibe,
Auch gern ein bißchen übertreibe.
Anm. d. Verf.

Besteckhantierung wird erschwert,
Wenn der Waggon im Zick-Zack fährt:
Das Messer ritzt den härt'sten Gaumen,
Die Gabel perforiert den Daumen,
Indes der Boy, total zerrüttet,
Mir Rotwein auf die Hose schüttet ...
Und sehnt nach dieser Unglückskette
Man sich nach einer Zigarette,
(Dem einz'gen Trost bei force majeure)
Liest man die Tafel: »Non fumeurs« ...
So raucht man nur vor Zorn und Gift,
Bis uns die Einkassierung trifft
Und endlich – Gott sei Dank – ist Zahlzeit ...
»Mahlzeit ...!«

Am Ziel

Ankunft. Nest. Ein mieser Gasthof,
Wo ich auf verdiente Rast hoff';
Poesieumwebt und schmierig,
Voller Mist und voller Lyrik ...
Zimmerduft nach Bier und Jod,
Bettstatt hundselendig,
Wände, die tags grau und tot,
Aber nachts – lebendig ...
Doch man sieht auch darin nur
Holden Busen der Natur
Und will aus Erholungsgründen
Alles höchst idyllisch finden,
Freut sich ob der Hendelsteigen,
Macht sich Dialekt zu eigen,
Schwärmt für Ziegen, Gänse, Tauben,
Pfeifenqualm und Zipfelhauben,
Für den Hahn, der uns die Ruh' stahl
Und betritt sogar den Kuhstall,
Der doch fraglos unbedingt
Stinkt ...

Man benimmt sich stoisch gojisch
Auf der Flur und auf dem Flur
Und ersehnt Jean-Jacques-Rousseau'isch
Nur die Rückkehr zur Natur …
Ach, wie ist es abends schön,
Wenn die Gelsen schlafen geh'n …!
Schlendernd sucht der Musensohn
Dann nach Inspiration …
Violett der Abendhimmel
Hinter dunkeln Wäldern glüht
Und die Vöglein singen leise
Pflichtgemäß ihr Schlummerlied …
Herden traben, glöckchenklingend,
Stallwärts ihres Weg's fürbaß;
Ein paar Ochsen an der Spitze
Brüllen ohne Unterlaß.
Kälber kommen nachgetrippelt,
Lämmchen folgen ihnen blind
Und der Stier gustiert die Kühe,
Die zum Flirt geeignet sind …
Wiederkäuend zieh'n die Scharen
Durch des Abends Violett …
Man schaut nach, politisch-kritisch –
Und das Gleichnis ist komplett:
Immer sind's die größten Ochsen,
Deren Brüllen dominiert,
Hochgeehrt vom Heer der Kälber,
Die ihr Ruf zur Schlachtbank führt …
Lämmlein harren gottergeben,
Unentrinnbar ihrer Schur
Und der Stier, der stets daneben
Als Symbol der Konjunktur …

Nocturno furioso

Zwanzig Häuser. Tausend Sterne.
Zenzi wohnt dicht unter'm Dach.
Und beim Schein der Stall-Laterne
Wird begehrt sie zwanzigfach …
Heimlich schleich' ich mit der Leiter
Zu dem rustikalen Kind,
Träum' von Küssen und so weiter –
Auf der Alm, da gibt's ka Sünd'…
Kerze flackert bei der Zenzi …
(Trautes Zeichen, daß sie wacht!)
Und schon streckt die roten Händ' sie
Mir entgegen durch die Nacht …
»Kumm g'schwind eini« haucht sie leis' …
Und der Dünger duftet heiß …
Plötzlich – Schritte längs der Mauer –
Eine Hand faßt mich beim Schopf!
Ha – dem jungen Schoißenbauer
Stieg die Eifersucht zu Kropf!!
Zenzi kreischt erschrocken: Hu!
Und sie – schmeißt das Fenster zu –
Wütend bricht herein die Rache
Durch erprobter Fäuste Schlag'
Wie das hundertzwanzigfache
Strafgericht vom jüngsten Tag.

Erst versuch' ich mich zu wehren,
Doch die Schläge jäh sich mehren:
Seppl, Wastl, Loisl, Lippl,
Schaufeln, Sensen, Besen, Knüppel
Bilden bald der Schlachtennacht
Unheilvolle Übermacht!
Kämpfend land' ich, braun und blau,
Sehr verhauen im Verhau,
Wo ich köpflings in die Jauche
Tauche …
Ach, die Sucht nach Rosenlippen …!
Büßt' ich mit sechs losen Rippen …!

Stöhnend zähl' ununterbrochen
Ich den Rest an g'raden Knochen
Und ich hör', indes die krachen,
Zenzi lachen …
Matt auf allen vieren kriechend
Und bestimmt nicht vornehm riechend
Mit lädierter Manneswürde
Keuch' ich in die Bettstatt-Hürde,
Schlüpf erschöpft unter die Tuchent,
Alle Ländlichkeit verfluchend …
Schlaflos starr' ich in das Dunkel,
In den Augen Haßgefunkel,
In dem Herzen wildes Rasen,
Auf der Stirne Fieberblasen,
Auf den Lippen nur *ein* Wort:
Fort!!!

Heimkehr

Der Rauchfang der Schnackerlbahn pustet
Den Qualm konvulsivisch hervor …
Die Sitze sind rußüberkrustet,
Mein linker Coupé-Nachbar hustet
Mir andauernd röchelnd ins Ohr …
Wenn fünfzehn im Halbcoupé sitzen,
So ist das bestimmt ganz genug …!
Und pfeift noch der Wind durch die Ritzen,
Dann sitzt man im Zuge – im Zug …
Das Tempo ist das einer Schnecke,
Die jahrelang Ischias hat –
Doch *ich* hock' vergnügt in der Ecke
Und freue mich so auf die Stadt …!!
Oh Smoking, Asphalt und so weiter!
Oh trautes Kaffeehaus nebst Bridge!
Oh Liebesidyll – ohne Leiter!
Oh Nacht ohne ländlichen Kitsch!
Bald streit' ich mit Goldstein und Singer
Anstatt mit den Lümmeln so roh,

Seh' reizende Dinger statt Dünger
Und Ochsen nur mehr im Sakko ...
Die Sehnsucht beflügelt das Dampfroß.
Es fühlt sich als Automobil
Und schnaubend gleich feurigem Kampfroß
Erreicht es verblüffend sein Ziel!
Im Taxi saus' ich in die Wohnung
Und hauche bewegt: »Endlich hier ...«
Zwar übt nebenan ohne Schonung
Ein Trampel erfolglos Klavier,
Zwar streikt die elektrische Leitung,
Zwar tropft in der Küche der Hahn,
Zwar les' ich sofort in der Zeitung:
Die Teuerung bricht sich jetzt Bahn ...
Zwar riecht naphthalinisch es schändlich
Und trotzdem – ich fühl mich so wohl
Und freue mich, daß ich mich endlich
Von meiner Erholung – erhol' ...

Tonfilm

Siegfried Bauch war Schneiderjüngling
Bei dem schicksten Grand-Tailleur,
Seine Fee, Isolde Grammel,
Als Modistin in der Lehr'.

Täglich säumt' er – ohne Säumen,
Nähte Knöpfe an im Nu
Und wenn einmal Not am Mann war,
Schnitt er ab und zu auch zu.

Sie indessen fabrizierte
Deckel beige und blau und drapp,
Lieferte, wenn Not am Mann war,
Hüte ab und zu auch ab …

Aber sonntags trafen heimlich
Sich zwecks Ausgang er und sie
Und der Bauch ging mit der Grammel
In das Kino vis-à-vis.

Weil man selbstverständlich leichter
Um der Holden Liebe wirbt,
Wenn die Asthma Nielsen zittert
Und das Kind vom Jolson stirbt,

Wenn man Buster Keaton farblos
Blinzelnd sieht im Dalles steh'n
Und die Augen Greta Garbos
Glycerinnend übergeh'n …

Wenn am Wege allen Fleisches
Jannings seine Schuld bereut
Und im wilden Tempo sinnlos
Hastet Harold Cellu-Lloyd!

Siegfried Bauch erprobte gleichfalls
Diese Wirkung bei der Maid
Und gestand ihr seine Liebe
In der Flimmerdunkelheit.

Zärtlich fanden sich die Blicke,
Sehnsuchtsheiß und scheu-bewußt ...
Und als sie Gewährung nickte,
Sank der Bauch an ihre Brust.

Seither gaben sich die beiden
Stets im Kino Rendez-vous,
Sprachen selig von der Zukunft
Und kein Mensch hört' ihnen zu,

Denn der Film von damals wirkte
Einzig durch Mimik im Licht;
Das Gehör schien ausgeschaltet
Durch die konzentrierte Sicht.

Aber – weh! Mit einem Schlage
Ändert' sich das absolut!
Denn der Tonfilm ward geboren
In der Brutstadt Hollywood!

Megaphone brüllten jauchzend:
»Stop! Ein Wunder ist gescheh'n!
Jeder kann jetzt Bilder hören!
Jeder kann jetzt Töne seh'n!«

»Steppen, Schneuzen, Klopfen, Schießen
Produziert man lautgetreu.
Sprechend ähnlich konkurrieren
Broadway-girl und Sonny-boy ...«

»Stille Qual wird laute Prosa!
Augenaufschlag wird Akkord,
Weil die Stummheit längst verstummte
Und das Wort nur kommt zu Wort!«

»Helden sterben kühne Tode
Bei Gesang und Jazz-Musik!
Mütter weinen! Töchter fallen!
(Durch die Western Electric ...)«

Doch trotz großer Weltrekorde,
Trotz Radau und trotz Gesumms
Kam zu kurz dabei die wahre
Lust des Kinopublikums:

Siegfried Bauch muß viel erleiden;
Detto seine süße Maus,
Denn der Tonfilm wirkt bei beiden
Höchst katastrophal sich aus!

Weil, wenn er im trauten Dunkel
Sprach vom Rausch des künft'gen Glücks,
Fauchte gleich ein Herr dahinter:
»Ruhe vorn! Ma' hört ja nix!!«

Und wenn sie ihn, hold errötend,
Fragte: »Wann soll Hochzeit sein?«
Zischte wer: »Da is' ka Kaffeehaus!
Stell'n Sie Ihr Geschnatter ein!!«

Sehr betroffen sah das Pärchen
Sich dann nach dem Mahner um ...
Immer lauter auf der Leinwand
Sprach der Film – und sie war'n stumm ...

Selten saßen sonntags beide
Nun im Kino, lustbeseelt,
Denn es hat für ihre Zwecke
Seinen Zweck total verfehlt ...

Abgekühlt durch dieses Schweigen
Mied sie ihn und er mied sie ...
Und so starb die alte Liebe
An der neuen Industrie ...

Saison morte

Na also! Langsam wird es wärmlich.
Die Hitzewelle triumphiert!
Ein jeder Herr schwitzt ganz erbärmlich
Und jede Dame transpiriert ...

So weich ist der Asphalt wie Butter;
Das Strandbad lockt in nasser Pracht.
Woselbst die Tochter nebst der Mutter
Bereits den Mannfang-Anfang macht ...

Der stierste Alltag wird zum Weekend,
Die Poren atmen Flüssigkeit ...
Wer halbwegs nur die Poesie kennt,
Sehnt sich nach Einsamkeit – zu zweit ...

In allen Straßen dampfen Leiber ...
Die Häuser gähnen menschenleer ...
Zwei singende Lawendelweiber
Sind unser Handel und Verkehr ...

Es mehren sich die Sommersprossen ...
Nur ein Fakir trägt noch Gilet
Und salzgriesgrämlich schweigt verdrossen
Der träumende Franz-Josefs-Kai ...

Es gleichen leeren Dampfbadzellen
Die Läden in der inner'n Stadt,
Wo manche Fee der Tippmamsellen
Ihr Chefchen längst im Trock'nen hat ...

Die Konjunktur schläft tief-bewußtlos
Und auf der Börs' ruht der Jargon ...
Kurz: Alles kläglich, flau und lustlos –
Genau wie in der Hauptsaison ...!

Dichtung und Wahrheit

Wolfgang Pichler war ein schlichter
Versbefliss'ner Musensohn,
Aber leider fehlt's dem Dichter
Stets an Inspiration.

Lange Zeit ihm gar nichts einfiel,
Doch urplötzlich – Ende März –
Rasch vom Herzen ihm ein Stein fiel
Und sein Blick glitt himmelwärts:

»*Frühlingseinzug!* Dabei bleib' ich!
Ha, welch' Thema aktuell!
Für die Morgenzeitung schreib' ich
Dies Gedicht – und möglichst schnell!«

Emsig kaut er an der Feder
Fiebernd jede Fiber zuckt
Und der Denkmaschine Räder
Mahlten folgendes Produkt:

»Endlich hält der durch Herrn Hildach
So berühmte Lenz Entrée
Und auf jedem Domizildach
Schmilzt schon ratenweis' der Schnee ...«

»Zephir raunt in alten Bäumen
Seine ewig neue Mär',
Von der junge Mädchen träumen
Und die älter'n Herr'n noch mehr ...«

»An's Orakelblumenzupfen
Denkt die kurzberockte Fee;
Jede Grippe wird zum Schnupfen,
Jede Bank zum Séparée ...«

»Sexualitätlichkeiten
Werden wieder aktuell
Und man sucht sie einzuleiten.
(Notabene möglichst schnell!)«

»Mädchenarme schlingen enger
Sich um manchen Jünglingshals
Und die Tage werden länger
Und die Nächte – ebenfalls ... »

»Säuselt Lüftchen! Fließet Bronnen!
Vöglein singet Gloria!
Endlich ist der Schnee zerronnen!
Endlich – ist der Frühling da!«

Jubelnd schloß er so sein Schreiben,
Macht' sich redaktionsbereit –
Plötzlich – durch die Fensterscheiben
Sah er, daß es wieder schneit ...

Fröstelnd, mit geknicktem Hoffen,
Hat er bleich sich fortgeschleppt
Und er heizte seinen Ofen
Mit dem Frühlingsliedkonzept ...

Täglich ward er bleich und bleicher,
Stündlich tönt sein Racheschwur
Und er endigte als Streicher
Im Orchester der Zensur.

Wild ließ er den Rotstift wandern
Durch der Verse Überschwang
Und vertilgte bei den andern,
Was ihm selber nie gelang ...

Deshalb, Dichterjüngling, reite
Nie den Pegasus zu schnell!
Schreib' zum Beispiel von der Pleite –
Die bleibt ewig aktuell ...!

Sommerpläne

Zu Popper spricht die Ehefrau:
»Komm' mir nur ja nicht mit Vöslau!
Ich sehne mich bei dieser Hitz'
Nach Aix-les-bains und Biarritz!«
»Auch«, kommentiert Frau Sidonie,
»War ich ja noch am Lido nie ...!«
Der Gatte hört es halben Ohres
Und denkt betrübt an seine Zores,
Denn längst schon ist er intensiv
Geschäftlich und auch sonst – passiv ...

Die Gattin aber, wie der Blitz,
Eilt zu der Frau Direktor Spitz,
Erzählt, daß sie sich glücklich preise
Ob ihrer prima Sommerreise,
Schwärmt von verträumtem Meeresrauschen,
Von Wogen, die im Sturm sich bauschen,
Von Dünensand und Korsolöwen
Und ist ein Mewen auf die Möwen!
Sie spricht vom Glück, das mondbeschienen
Blüht in Kabanen und Kabinen –
Bis ihre Freundin unbedingt
Zerspringt ...

Und bald, schon in den nächsten Tagen,
Strebt sie dem Reiseziel entgegen,
Auf das sie aber gar nicht brennt,
Weil es sich Kritzendorf benennt …
Bei fünfunddreißig Grad im Schatten,
Flankiert von ihrem Surrogatten,
Ruht dort sie auf den Donaufelsen –
Als Gabelfrühstück für die Gelsen
Und ob des gründlichen Gekratzes
Sieht ihre Haut bald aus wie Mazzes …
Sie flucht in wilder Seelenpein:
»Statt Aix-les-bains nur – Kritz-les-bains!
Statt hochmondän, nur badehäuslich –
Scheußlich …«

Zwei Monde ringt sie so die Hände,
Bis die Erholungszeit zu Ende …

Und sagt im Herbst dann zur Frau Spitz:
»Entzückend war's in Biarritz …«

Nachtleben

Das ist das Nachtleben von Wien
Mit dem Vulkan-Getänzel …
Bachontisch nimmt es seinen Lauf,
Doch ab und zu blickt bang man auf
Zum heil'gen Insolwenzel …

Viel zentnerschwere Weiblichkeit
Tanzt neckisch wie ein Seeroß –
Man hat den Lendenschurz gekürzt,
D'rum sind die Sitten kurz geschürzt
Und Eros wird zum Heros …

Erschauernd sieht man mancherlei
Beim Dreh des Charleston-Knixes …
Die Röckchen flattern schenkelfrei;
Großmütterchen scheint enkelfrei;
Und »bluest« gleich jungen Schickses …

Im Jazzbandfieber röchelt die
Musikkonserventube –
Und so vergißt manch süße Maus,
Trotzdem sie Kinder hat zu Haus',
Die gute Kinderstube …

Mit Valentino-Lächeln sind
Paar Eintänzer vertreten.
Dem schlanksten Schlankel winkt Frau Kraus:
Er tanzt sie ein, sie tanzt sich aus
Und reibt ihm dann Moneten.

Die Sperrstund' naht und auch ein Heer
Versierter Trinkgeldchapper,
Viel Hände schwirren auf und ab,
Zum Wagentürlschnapper …

Im Vorraum kotzt ein dicker Herr
Elegisch auf den Teppich …
Die Kehrfrau putzt das mit Benzin …
Das ist das Nachtleben von Wien –
Nebbich …

Formenlehre

Hört' ich recht? Man trägt jetzt Busen?
Und auch Hüften sind erlaubt?
Die mondäne Modenrichtung
Sinnt nicht mehr auf Fettvernichtung,
Die den Reiz den Reizen raubt?

Hei! Die Linie der Dame
Wird nun entmaskulinisiert!
Aus Paris ward uns die Kunde:
Alles Runde macht die Runde;
»Schlank« wird schlankwegs jetzt negiert …

Keine Maid muß mehr gebaut sein
à la Gaslaternenpfahl!
Schüchtern zeigen sich selbst Waden …
Und es gilt der Bügelladen
Nicht als Schönheitsideal …

Hurtig streicht vom Speisezettel
Man das Wörtchen »Kalorie« …
Niemals werde punktgerollert!
Die mondäne Frau steht mollert
Heut' vor dem – Fett accompli …

Und der Jüngling, der begeistert
Helle Freudentränen weint,
Wird am Busen seiner Freundin,
Die nun rundlich anstatt beindünn,
Wiederum zum Busenfreund …

Auch der Fiskus liebt das Runde:
Leider – rund herausgesagt –
Werden Steuern, einst gestundet,
Jetzt nach oben abgerundet,
Weil's der Mode so behagt …

Und im P. T. Nationalrat
Schwärmt für Mastkur man im Nu:
Läßt den Zwiespalt gut gedeihen!
Üppig werden die Parteien
Und das Defizit – nimmt zu …

Revue

Generalprobe

Lichter strahlen tausendkerzig,
Mädchen sind mechanisch herzig,
Das Orchester, tiefempfunden,
Macht im Rhythmus Überstunden ...
Aus dem Licht- und Tönemeer
Lächeln müde Pönemer ...
Ab und zu klingt vom Regietisch
Megaphonbemerkung kritisch.
Goldkostüme, Flammengarben –
Feucht sind noch die Ansichtsfarben
An den Wänden, in Gesichtern ...
Die Statisten sind nicht nüchtern ...
Spanisch tanzen jetzt Vedetten,
Klappern mit den Kastagnetten,
Klappern wie die Klapperschlangen,
Bis die Klappern schlapper klangen ...
Sisters, brothers, Prunkfinale,
Hundert Girls im Bacchanale:
Alle Mizzis, Pepis, Olgas
Wie Motore unter Vollgas ...
Endlich naht das End' der Probe
Mit Geschimpfe und Gelobe:
»Ich«, sagt der Ausstattungschef,
»Staun' selbst, wie ich so 'was treff!
Dieses Bild in Gold und Cerise –
Herrlicher als in Paris ...!«
D'rauf die Diva mit Geschmolle:
»So ein Tineff nennt sich Rolle!
Beine zeigen muß ich blöd,
Statt Individualität!«
English girls aus Lerchenfeld
Streiten um das Probengeld.
Um des Direkteurs Erscheinung
Drängt sich Meinung hart an Meinung:

»Herrlich!« sagt der Komponist,
Der Tenor: »Der größte Mist!«
Die Autoren: »Wunderschön ...!«
Der Kassier: »Man wird doch seh'n ...«

Première

Hinter Logenbalustraden
Sitzen Bilder ohne Gnaden,
Wo sich auch die Herr'n Snobisten
Mit den Smokingbrüsten brüsten ...
Kleider man beoperngucker,
Neidvoll, lächelnüberzuckert:
Heuer trägt Frau Stein, die fette,
Schon die dritte Toilette,
Doch Frau Doktor Nebenzahl
Trägt die vom Concordiaball ...
Klatschsucht ihren Anfang nimmt,
Während das Orchester stimmt.
Sensal Blau denkt voll Ergrimmen
Mit vergrämtem Angesicht:
»Das Orchester kann leicht stimmen!
Meine Kurse stimmen nicht ...!«
Neben Frau Direktor Krohn
Sitzt der junge Robinson.
Glucksend perlt ein Flötenlauf ...
Er sagt: »Gib dein Sträuben auf ...«
Jede Geige stimmt ihr A ...
Und Frau Krohn haucht zärtlich: »Ja ...«
Im Parkett als stolze Sieger
Lahnen Premièrentiger,
Um die Sache zu genießen
Und womöglich zu vermiesen ...
Claquechef mustert das Gelände
Noch zum letztenmal geschwind,
Spukt behende in die Hände,
Eh' sein »Handwerk« er beginnt ...

Rückwärts, jenseits der Courtine,
Fiebert jede Ballerine,
Reiben Mädchen, wundersüße,
Sich mit Franzbranntwein die Füße
Und am Bühnenkorridor
Gurgelt bebend der Tenor …
Die Souffleuse lächelt hämisch,
Spanierinnen beten böhmisch.
Attraktionen transpirieren,
Sängerinnen inhalieren …
Es verfällt der Regisseur
Stets dem Wahnsinn mehr und mehr …
Librettisten, traumverloren,
Wären lieber nie geboren!
Endlich – flammen hell die Rampen –
Alle Künstler fiebern Lampen –
Gongschlag. Luster sich verdüstern.
Das Geschmus' erstirbt zum Flüstern …
Licht am Dirigentenpult!
Hörbar schnaubt die Ungeduld …
Alle Miesmacher sind drinnen –
Na also –! Das Spiel kann beginnen!

Die Folgen

Nachher bei der Siegesfeier,
Bei dem üblichen Bankett,
Schlägt man die bewährte Leier
Zu begeistertem Sonett,
Toastet auf die Librettisten,
Auf den Schlagerkomponisten,
Auf die Diva, den Direktor,
Den Kassier, den Hausinspektor,
Auf den Tanzkostümverleiher,
Auf den Propaganda-Meier,
Auf die erste Balletteuse,
Auf den Bruder der Souffleuse –
Kurz, auf alles was Bezug hat,

Schreit man »hoch«, bis man genug hat
Und man konstatiert und schwört:
Der Erfolg ist unerhört!!

Andern Tages steht's zu lesen,
Daß das Stück ein Dreck gewesen,
Daß die Darstellung erbärmlich
Und die Ausstattung zu ärmlich,
Daß die Szenen nicht geballt
Und die Sisters aus Hernals,
Daß die Witze schrecklich alt sind
Und die Diva – ebenfalls ...
»Deshalb steht es außer Frage«,
Also wettert das Journal,
»Dieser Mist geht nicht drei Tage!«

Die Revue geht tausendmal ...

DER VORHANG HEBT SICH

Revuequerschnitte

Wien lacht wieder

Revue von Karl Farkas

MADAME REVUE: Wien lacht wieder,
Wien singt Lieder,
Wien bleibt Wien ...!
ALLE: (wiederholen) Wien lacht wieder ... (u.s.w.)

Der andere Autor (FARKAS):
Der andere Autor (GRÜNBAUM): (kommen von verschiedenen Seiten)

1.

BEIDE: (gesungen) Habe die Ehre, schöne Damen,
Habe die Ehre, werte Herr'n!
In unserer beider Namen
Begrüßen wir Sie gern!
GRÜNBAUM: Ich bin der Direkteur!
FARKAS: Ich bin bedeutend mehr!
GRÜNBAUM: Ich bin auch Librettist!
FARKAS: Ich weiß schon, was Du bist ...
GRÜNBAUM: Jetzt gib schon endlich Ruh'!
FARKAS: Begonnen hast ja Du ...

2.

FARKAS: Habe die Ehre, schönes Fräulein!
GRÜNBAUM: Habe die Ehre, gnäd'ge Frau!
FARKAS: Habe die Ehre, Herr von Werner,
GRÜNBAUM: Habe die Ehre, lieber Blau!
Ich glaub', an der Revue
Sieht gleich man mein Genie!
FARKAS: Ich sag's vertraulich hier:
Was d'ran gut ist, ist von mir!
GRÜNBAUM: Jetzt halt' schon 'mal den Mund!
Du bist ein blöder – (parlando)

Hundertmal hab' ich Dir schon gesagt,
Du sollst nicht so daherreden!
FARKAS: Wieso red' ich daher? Erlaube mir,
ich habe nur gesagt, was wahr ist!
GRÜNBAUM: So? (Großer Wirbel. Durcheinanderreden der beiden. Endlich sagt)
FARKAS: Hör' endlich auf! Wir haben ja noch jemand zu begrüßen!
(singt)
Habe die Ehre, Herr Orchester,
Habe die Ehre, Herr Souffleur!
GRÜNBAUM: Ich hoffe, daß ich heute
Noch viel von Ihnen hör' ...
BEIDE: Mit lachend heiter'n Mienen
Wünschen wir herzlichst Ihnen
Durch uns're Mühewaltung
Die beste Unterhaltung!
Sitzen Sie nur recht froh da
Hier in der Rue de Skoda!
Ich hoff', daß keiner murrt
Und – jetzo geh'n wir furt!

(Beide ab in gleichem Schritt.)

DER EINE AUTOR: (kommt zurück, parlando)
Der Vorhang teilt sich nun zu raschester Wandlung.
Es folgt das erste Bild der – sagen wir – Handlung!

(Der Zwischenvorhang hebt sich.)

(Herolde und Madame Revue zu beiden Seiten ab unter den Einleitungsakkorden des folgenden Ensembles. Die Billeteusen sind im Zuschauerraum verschwunden.)

7. Szene
Nr. 4. Interview-Duett

1.

HARRY: Wenn der Ruhm von einer Diva
Reicht von Boston bis nach Riva,
Kommt gleich ein Reporter angerückt,
Der den Bleistift zückt, entzückt.
DORIS: Und dann fängt er an zu fragen,
Prüft die Seele und den Magen,
Und die Primadonna spricht
Teils die Wahrheit – teils nicht ...

Refrain:

HARRY: Wie gefällt's Ihnen in Wien,
Und wo geh'n Sie heuer hin?
Wann sind Sie hier angekommen?
Wieviel haben Sie abgenommen?
Sind Sie mit Erfolg geimpft?
Hab'n Sie auf den Franc geschimpft?
Fahr'n Sie gern per Motorrad?
Hab'n Sie einen Buttervorrat?
Sind sie mehr für rötlich oder mehr für semmelblond?
DORIS: Was der alles will!
HARRY: Hab'n Sie schon einmal vor lauter Lachen nicht gekonnt?
HARRY: Sind Sie lieber traurig oder sind Sie lieber froh?
Wie? Was? Wann? Wo? Warum? Wozu? Weshalb?
Wieso?

2.

DORIS: Herr, von Ihrem Fragebogen
Wird direkt man ausgezogen!
HARRY: Ja, der Journalist, der fragt und fragt,
Bis die Seele splitternackt!

DORIS: Sport, Erotik, Mittagessen,
Nichts versäumt und nichts vergessen!
HARRY: Aufnotiert wird Satz um Satz!
DORIS: Himmelherrgott! – Ich platz'!

Refrain:

DORIS: Wie gefällt es Ihnen in Wien,
Und wo geh'n Sie heuer hin?
Schwärmen Sie für Regenwetter?
Welcher ist Ihr Lieblingsvetter?
Wann wird Paraguay saniert?
Ist Ihr Blinddarm operiert?
Sind Sie für das Rätselraten?
Essen Sie gern Lungenbraten?
Ist Ihr Vater nicht ein alter, dicker, kleiner Herr?
HARRY: Was die alles will!
DORIS: Lieben Sie mehr Festland oder lieben Sie mehr Meer?
HARRY: Nein, das ist zu viel!
DORIS: Wenn Sie nach Italien fahren, fahr'n Sie über'n Po?
Wie? Was? Wann? Wo? Warum? Wozu? Weshalb?
Wieso?

(Abtanz. Beim Nachtanz erscheinen zwölf Girls mit Fragezeichen als Kostümen. Gemeinsame Evolution. Alles links ab. Doris und Harry falscher Abtanz, kommen a tempo wieder zurück.)

DORIS: (betrachtet ihn lächelnd) Eigentlich schade!
HARRY: Um die Zeit?
DORIS: Nein, um Sie! Daß Sie nicht mehr geworden sind, als ein kleiner Reporter. Sie sind doch ein ganz netter junger Mann.
HARRY: (entzückt) Bin ich das wirklich?

4. Bild
»Kritik der reinen Vernunft«

Personen:
DER EINE (Farkas)
DER ANDERE (Grünbaum)

DER EINE: (von links im Smoking, gleichzeitig)
DER ANDERE: (ebenso von rechts; mustern sich eine Zeit lang)
DER EINE: (entzückt) Wunderbar!
DER ANDERE: (hämisch) Was ist wunderbar?
DER EINE: Die Revue. Bis jetzt.
DER ANDERE: Gräßlich.
DER EINE: (entsetzt) Na hörst Du? Wie kannst Du das so vor dem Publikum sagen?
DER ANDERE: Weil ich den Leuten zeigen will, daß ich 'was versteh'! Als neugebackene Direktoren müssen wir doppelt vorsichtig sein. Sonst wird der Theaterbesuch wie die Herrenmode: Im Sommer einreihig. Im Winter zweireihig! Das Motto jedes Direktors muß sein: Erkenne Dich selbst!
DER EINE: Ja. Und belaste die andern!
DER ANDERE: Also fragen wir uns: Was braucht man zu einer Revue?
DER EINE: Na, vor allem hübsche Gesichter und ein flottes Spiel. Wie der Lateiner sagt »ponem et circenses«.
DER ANDERE: Und Ausstattung! Die Revue muß so reich ausgestattet sein wie die mieseste Tochter von Vanderbilt.
DER EINE: Und Tanz. Nicht vergessen! Sehr wichtig. Nur Tänze, zum Beispiel der Sanierungstrott.
DER ANDERE: Sanierungstrott? Wie ist der?
DER EINE: Zwei Schritte vor, drei Schritte zurück ...
DER ANDERE: Und möglichst viel Beine als Zuwaag! Dann die herrlichsten Entkleidungsstücke aus ersten Salons; für das Damenpublikum möglichst viele Kostüme, für das Herrenpublikum möglichst wenig Kostüme, Witze, Satire, Ironie, Gemüt, Pikanterie, aber nicht zu stark, – es sind heute fast lauter anständige Leute im Theater – kurz und

gut – das Publikum muß in jeder Beziehung auf seine Kosten kommen!

DER EINE: Das wird es auch!

DER ANDERE: Sehr fraglich. Bis jetzt finde ich's gräßlich! Gräßlich, wiederhol' ich Dir! Wir haben uns festgerannt!

DER EINE: Wieso?

DER ANDERE: No, wie soll's denn weitergehen? Die Filmdiva hat sich also glücklich den langen Lackel als Sekretär aufgenommen. Daß die zwei sich kriegen, ist natürlich selbstverständlich. No, was jetzt?

DER EINE: Das ist doch ganz einfach. Warst Du in Paris?

DER ANDERE: Oui.

DER EINE: Dann hast Du doch die dortigen Revuen gesehen?

DER ANDERE: Nein.

DER EINE: Was? Du warst in Paris und hast keine Revuen gesehen?

DER ANDERE: Das ist noch gar nichts. Ich war sogar in Neapel und bin nicht gestorben!

DER EINE: Na hörst Du, was hast Du denn in Paris gemacht?

DER ANDERE: Na, es gibt doch noch Wichtigeres in Paris, nicht? Paris ist doch so schön! Herrlich war es dort! Ein gewisser Blau und mein Freund Liebstöckl waren mit. Den ganzen Tag haben wir tarockiert!

DER EINE: Und am Eiffelturm warst Du gar nicht?

DER ANDERE: Natürlich. Prachtvoll war er. Stell Dir vor: Wir steigen hinauf, Blau teilt und ich krieg' vier Ass'!

DER EINE: Und außer Deinem Blatt hast Du Dir nichts angeschaut?

DER ANDERE: Oh ja, das Blatt von meinem Nebenmann!

DER EINE: Aber nein, ich meine Sehenswürdigkeiten. Warst Du nicht beim Rennen in Fauteuil?

DER ANDERE: Was heißt das? Stammgast war ich dort. Von daher datiert ja auch mein Pariser Akzent. (Parodistisch) Parlez-vous français?

DER EINE: Was?

DER ANDERE: Parlez-vous français?

DER EINE: Ich verstehe nicht.

DER ANDERE: Ob Du französisch sprichst?

DER EINE: Französisch? Selbstverständlich! Perfekt.

DER ANDERE: No, davon hab' ich aber bis jetzt wenig bemerkt.

DER EINE: Frechheit! Wo ich zwei Jahre lang in Paris gelebt hab'? No, frag' mich Vokabeln!

DER ANDERE: Bitte! Was heißt Frau?

DER EINE: (stolz) Madahm!

DER ANDERE: Jungfrau?

DER EINE: Einen Moment! (Denkt nach) Jungfrau ...? (Dann) Weißt Du, in die Kreise bin ich nicht gekommen.

DER ANDERE: No siehst Du! Jungfrau heißt »Orleans«. Von mir kannst Du lernen. In jeder Beziehung. Und wenn ich Dir sag', wir haben uns verrannt und jeder im Publikum ahnt bereits, daß die zwei sich kriegen, kannst Du mir's ruhig glauben!

DER EINE: So? Und ich sag' Dir, kein Mensch hat eine Ahnung davon! (zu einem Herrn im Parkett) Haben Sie eine Ahnung?

DER ANDERE: (reißt ihn zurück) Was fällt Dir ein? Was redest Du mit dem Publikum?

DER EINE: Der ist doch kein Publikum! Der hat doch eine Freikarte!

DER ANDERE: Ruhe! Also wie soll's weitergehen?

DER EINE: Na, ganz einfach! Die beiden reisen ab.

DER ANDERE: Aha! Du schickst sie auf die Tour in fröhlicher Erwartung der kommenden Aufträge?

DER EINE: Nein, ich selbst will diese Aufträge erteilen. Die beiden müssen sich auf der Reise näherkommen. Und zu diesem Zweck lassen wir gleich das schwere Geschütz auffahren. Wohin fährt ein Pärchen, das sich lieben soll?

DER ANDERE: Das ist Temperamentssache. Manche steigen schon in Meidling aus.

DER EINE: Gewiß. Aber damit ist uns nicht gedient, Meidling ist doch kein Revuebild! Wie wär's mit Venedig?

DER ANDERE: Aber hör' mir auf mit dem Kitsch! Eine gräßliche Stadt!

DER EINE: Entschuldige? Venedig ist herrlich; die Wellen plätschern, die Lagunen stinken, die Luft ist blau und der Mond ...

DER ANDERE: Hör' mir auf mit »Blau« und mit »Mond«!

DER EINE: Wieso?

DER ANDERE: In Venedig hat mir der Blau den Mond abgefangen! Und dann ist Venedig eine durchaus antiquarische Angelegenheit. So etwas Abgenütztes! In jeder Revue! Das ist nichts für eine Frau wie die Doris Darling!

DER EINE: No, wie wär's mit Ägypten? Mit diesen Pyramidensachen?

DER ANDERE: Aber ich bitt' Dich! Mit dem Nil und der Sphinx und den Khediven – die ganze Tabakregie! Nein, die zwei müssen gezwungen werden, sich zu lieben! Er ist aber leider Gottes zu wenig diplomatisch!
Das ist es! Und deshalb schlage ich vor, wir lassen die nächste Station der Europareise Genf sein. Von Genf, dem Sitz des Völkerbundes, kommt er sicher als diplomierter Diplomat retour.

DER EINE: Ich bin nicht überzeugt davon! Ich hab' noch von keiner Genfer Reise etwas gehalten.

DER ANDERE: Oh doch, so ein politisches Zentrum ist schon ein prachtvolles Studienobjekt. Die Diplomaten essen dort persönlich zu Mittag, plaudern französisch, denn Französisch ist die Sprache der Diplomaten, wie Lateinisch die der Ärzte. Die Ärzte reden beim Konzilium in Gegenwart des Patienten auch immer nur lateinisch, damit sich der Kranke langsam an eine tote Sprach' gewöhnt. So war das auch bei uns, wie wir an den Nachkriegswehen gelitten haben. Man hat über uns beraten, ohne daß wir die Diagnose verstanden haben. Aber jetzt ist das Gott sei Dank vorüber! Der Friede ist geschlossen und wird eingehalten werden.

DER EINE: Ja. Mindestens bis zum nächsten Krieg. Also von mir aus! Fahren wir nach Genf! Erstens ist das ein schönes Bild und zweitens steht es ohnehin im Programm!
(Grüßt ins Publikum) Servus!

DER ANDERE: Wen grüßt Du?

DER EINE: Der Spitzer ist da!

DER ANDERE: Mit der Frau?

DER EINE: Ja, mit der Frau vom Schlesinger! Küß die Hand!

DER ANDERE: Red' nicht so viel! Geh' ma weiter: Auf nach Genf! Mein Doktor hat mir ohnehin Luftveränderung angeraten!

DER EINE: Dein Arzt?
DER ANDERE: Nein, mein Anwalt! Geh' ma!
BEIDE: (singend) Nach Genf geht jetzt die Reise,
Wo manches sich enthüllt,
D'rum lauschet links im Kreise –
Jetzt folgt das nächste Bild!

(Beide ab Mitte)

10. Bild
»Abgebaut!«

JELLINEK und KÖNIG: (erscheinen a tempo vor dem Vorhang)
JELLINEK: (auf seine Knickerbockers deutend)
Das ist eine Pumphose – die hab' ich mir auf Pump machen lassen!
KÖNIG: Was haben Sie davon – schön schau'n wir aus alser Abgebauter!
JELLINEK: Warum? Wir haben doch eine schöne Abfertigung bekommen. Da kann man sich schon was leisten! Ich geh' heut' Abend gleich auf ein Kostümkränzchen!
KÖNIG: Andere Sorgen haben Sie nicht? Schämen Sie sich nicht, das Geld so herauszuwerfen?
JELLINEK: Wieso? Ist doch gar nicht teuer! Kostüm brauch' ich kein's. Ich zieh' mich nackt aus und geh' als Steuerzahler! Und morgen gleich schau' ich mich um was um.
Jede Arbeit kann ich natürlich nicht übernehmen. Zum Beispiel les' ich da neulich im Kleinen Anzeiger:
»Staubsauger gesucht!« Daß sich Leute überhaupt zu so was hergeben! Also das wär' doch ganz unstandesgemäß!
KÖNIG: Passen Sie auf! Ich hab' einen gemeinsamen Plan für uns zwei.
JELLINEK: Und zwar?
KÖNIG: Hören Sie zu: Lieben Sie die Doris Darling noch immer?
JELLINEK: Na hören Sie …! Keinen Film laß ich aus, wo sie spielt!

KÖNIG: Gut. Und ich bin doch erst recht in sie verschossen. Jetzt mehr denn je, wo ich meine Frau los bin!

JELLINEK: Was? Ihre Frau ist weg von Ihnen?

KÖNIG: (strahlend) Na, was sagen Sie? Sie werden lachen: Sie hat mich betrogen! S i e, die mieseste Frau von Mitteleuropa, – m i c h, einen der begehrenswertesten Jünglinge dieses Globusses! Stellen Sie sich vor, ich komm' nach Hause, treff' ich den Kerl bei ihr – wirft er mir den Handschuh' ins Gesicht! – Er hat aber leider vergessen, ihn vorher auszuziehen!

JELLINEK: Na, – und Sie?

KÖNIG: No, mich hätten Sie sehen sollen! Ich hol' aus – haut er mir eine herunter und rennt davon! Ich natürlich immer vor ihm her – erwisch' ihn, eine Rauferei entsteht – wir ringen miteinander mit wechselndem Glück, bald war ich unten, bald war er oben! Und – so bin ich meine Rosa losgeworden!

JELLINEK: Und jetzt?

KÖNIG: Und jetzt passen Sie auf. Wenn wir die Doris Darling erringen könnten, so wären wir doch ein für allemal aus dem Wasser. Nicht?

JELLINEK: Ja. Aber wir könnten sie doch nicht alle beide ...?

KÖNIG: Unterbrechen Sie mich nicht! Wir werden abwechselnd um sie werben. Wir treten als noble Kavaliere auf den Plan und versuchen unser Glück bei ihr.

JELLINEK: Dazu haben wir aber doch nicht genug Geld!

KÖNIG: Für zwei nicht. Aber für einen! Wir haben jeder zweitausend Schilling Abfertigung bekommen. Werfen wir das Geld zusammen, sind das viertausend Schilling, das genügt, damit jeden Tag ein anderer von uns zweien den Kavalier spielen kann. Montag, Mittwoch, Freitag bin ich der Herr und Sie sind mein Diener, Dienstag, Donnerstag, Samstag sind Sie der Herr und ich stell' Ihren Diener vor – solange, bis einer von uns beiden bei der Doris sein Ziel erreicht hat. Der Sieger muß dann dem andern die Spesen ersetzen. Das ist doch eine herrliche Idee. Nicht?

JELLINEK: Das Ei des Damokles! Nur – daß ich einen Diener spielen soll, damit kann ich mich nicht befreunden!

KÖNIG: Tun Sie sich nichts an, Herr Kollege. Ich kenn' Sie noch, wie Ihre Schuh' so durchlöchert waren wie ein Emmentaler!

JELLINEK: Pardon – das war nur – weil meine Hühneraugen so einen durchbohrenden Blick haben, das hält kein Schuh aus!

KÖNIG: Also – reden Sie nichts mehr, sondern passen Sie auf: Die Diva besichtigt heute, so viel ich weiß, den Prater: Wir suchen sie sofort auf und beginnen a tempo unsere Werbetätigkeit. Verstanden?

JELLINEK: Was soll ich daran nicht verstehen?

KÖNIG: Also gut. Wir gehen uns jetzt equipieren. Hoffentlich regnet's heut' nicht, damit die neuen Kleider nicht naß werden. Schauen Sie gleich nach, ob das Barometer gefallen ist.

JELLINEK: Nein, es hängt noch an der Wand!

KÖNIG: Also – dann vorwärts!

BEIDE: (Singen)

Jetzt zieh'n wir in den Prater
Nach Abenteuer wild –
Ihr Leute im Theater:
Jetzt kommt das nächste Bild ...!

(Beide ab Mitte)

17. Bild
»Babygespräche«

(Nach Fallen des Vorhanges bleiben die beiden Kinderwagen vorn an der Rampe stehen. Die Vorhänge des Schutzdaches sind zugezogen. Man hört Weinen aus einem Wagen.)

ERSTER SÄUGLING: (Farkas) (steckt den Kopf zwischen den Vorhängen des Wagens durch, ruft zum zweiten hinüber) Was is, Herr Kollege? –

ZWEITER SÄUGLING: (Grünbaum) (steckt gleichfalls den Kopf zwischen den Vorhängen hervor, verweint) Servus!

ERSTER: Worüber regen Sie sich so auf, Herr Kollege?

ZWEITER: Na, hören Sie! Meine Amme ist mir davongelaufen! Man kann sich auf seine Angestellten überhaupt nicht mehr verlassen!

ERSTER: *Mir* wollen Sie sagen? Ammen sind überhaupt entwürdigend. Es widerstrebt meinem Ehrgefühl, mich von einer Frau ernähren zu lassen!

ZWEITER: Apropos »ernähren«. Sagen Sie, haben Sie auch so ein schrecklich eintöniges Menü, Herr Kollege?

ERSTER: Ha. Gräßlich in *einer* Tour Milch! Ob die Frau einmal Kaffee geben möcht'!

ZWEITER: Genau so ist das bei mir. Oss Poss? Ich weiß immer schon im Vorhinein den Speisezettel. Direkt übel wird mir, wenn ich nur seh', sie knöpfelt sich die Bluse auf und heraus nimmt sie die Nahrungsutensilien ...

ERSTER: Natürlich! Ich kenn' das! Aber da muß etwas gescheh'n! Ich werd' das zur Sprache bringen bei der nächsten Sitzung im Säuglingsrat. Übrigens – sagen Sie, Herr Kollege, – liegen Sie auch so feucht ...?

ZWEITER: Na ja, is' doch kein Wunder, bei der Witterung ...! Ich sag' Ihnen, wir Säuglinge haben keine Zukunft!
Ich seh' das an meinem älteren Bruder von der ersten Volksschulklasse. Ein Opfer der Wissenschaft! Vor was für Aufgaben der Mann gestellt wird! Neulich hat er lauter Sätze in der Befehlsform bilden müssen: Bade zuhause! Koche mit Gas!

ERSTER: Melk an der Donau! Ja, ja. – Furchtbar ist das! Herr Kollege tragen eine Brille?

ZWEITER: Schon seit meiner Jugend. Bereits bei meiner Geburt war ich so kurzsichtig, daß ich *kaum* das Licht der Welt erblickt habe!

ERSTER: Am besten ist, wenn man überhaupt nicht auf die Welt kommt! Aber das ist *so* ein Glück, das passiert unter Tausenden kaum einem!

ZWEITER: Gott, wie recht haben Sie! Schauen Sie zum Beispiel m i c h an: Ich bin ein verpatzter Hundertvierundvierziger!

ERSTER: No – und ich? Ich bin eine Frühgeburt. Ich bin zwei Monate vor der Hochzeit meiner Eltern auf die Welt gekommen.

ZWEITER: Hm. Mein Beileid ... Was sagen Sie, wie die Amme nicht kommt? Sicher hat die Schickse wieder ein Rendezvous.

ERSTER: Wahrscheinlich schafft sie sich gerade neue Voraussetzungen für ihren Ammenberuf ...

ZWEITER: Na ja, aber wir können doch (in den Zuschauerraum deutend) die Herrschaften da unten nicht so lang mit unserer Anwesenheit belästigen, bis es der Frau einfällt, uns wegzuführen! Die Revue muß doch weitergehen!

ERSTER: Natürlich. Ich bin selber schon gespannt, was jetzt wieder geschieht, nachdem die beiden sich miteinander zerkracht haben!

ZWEITER: No – was wird schon viel gescheh'n? Beide sitzen jetzt separiert – jeder bei sich zuhaus', sehnen sich nacheinander und schreiben sich Briefe!

ERSTER: Glauben Sie? Na – wir werden ja seh'n!

BEIDE: (gesungen) Den Durst nach Sensationen
Wohl keine Amme stillt ...
D'rum lauscht, Ihr unter'n Regionen –
Jetzt kommt das nächste Bild!

(Es wird dunkel. In der Finsternis werden die beiden Kinderwagen weggeführt.)

(Der Vorhang teilt sich wieder.)

Nr. 25 b. Schlußgesang

ALLE: (zum Publikum) Gute Nacht! Gute Nacht!

KÖNIG: Geht nach Haus', kommt morgen wieder um halb acht!

ALLE: Gute Nacht, gute Nacht!

HARRY: Träumt recht schön davon, daß Wien jetzt wieder lacht!

MIZZI: Und gefiel

DORIS: Euch das Spiel,
Dann erzählt Euren Bekannten davon viel!

JELLINEK: Denn wir sind immer sehr dankbar, wenn jemand für uns Reklame macht!

ALLE: Ja ??

Gute Nacht – gute Nacht – gute Nacht …!

(Die Paare umarmen sich.)

(Vorhang, der sich gleich wieder hebt und die noch immer auf der Schönbrunner Treppe stehende Gruppe zeigt, die dem Publikum mit farbigen Tüchern zuwinkt.)

(Akkord)

ENDE

Bediene dich selbst!

Familie am laufenden Band in 15 Episoden

Revue von Karl Farkas und Fritz Grünbaum

1. Episode
Die Theatergründung

Stilisiertes Interieur. Zwei Spiegel rechts und links. Farkas und Grünbaum bei der Morgentoilette in Pyjamas. Grünbaum gurgelt, Farkas liest Zeitung. Die kurze orchestrale Einleitung (Nr. 1) geht nach Aufgehen des Vorhangs in leise Begleitmusik über, die das Gurgeln musikalisch illustriert. Bei Beginn des Dialogs verliert sich die Musik.

FARKAS: (blickt von der Zeitung auf)
Du – Fritz!

GRÜNBAUM: (mit vollem Mund)
Mhmhm?

FARKAS: Da – in der Zeitung steht, daß wir soeben unser neues Stück vollendet haben. Jetzt müßten wir aber endlich mit dem Schreiben anfangen.

GRÜNBAUM: (spuckt das Wasser aus)
Tui! Ich denke nicht daran!

FARKAS: Warum? Hast du keinen originellen Stoff?

GRÜNBAUM: Das ist das wenigste. Was mindestens drei Jahre nicht da war, ist originell. Aber wo findet man ein vertrauenswürdiges Theater? Außer, du kommst auf meinen gestrigen Vorschlag zurück …

FARKAS: Nein – ich kann dir beim besten Willen nichts borgen …

GRÜNBAUM: Ruhe! Ich habe dir gestern außer den taktloserweise von dir erwähnten zehn Schilling vorgeschlagen, das zukünftige Stück mit mir gemeinsam selbst zu produzieren!

FARKAS: Was? Wir sollen unsere eigenen Direktoren werden?

GRÜNBAUM: Warum nicht? Wenn wir bei uns selbst engagiert sind, dann wissen wir wenigstens am Schluß, was wir unseren Namen schuldig sind …

FARKAS: Und wo willst du das Geld dazu hernehmen?

GRÜNBAUM: Wir brauchen keins. Wenn man, wie ich, die Berufung in sich fühlt …

FARKAS: Ich bitt' dich, red' nicht von Berufung – ich hab' erst vorgestern in der zweiten Instanz meinen Prozeß verloren! Und wenn ich …

GRÜNBAUM: (unterbricht) – und wenn du fortwährend dreinredest, dann kommen wir überhaupt zu keinem Entschluß! Ich meine die künstlerische Berufung, die einen auch ohne äußere Mittel ans Ziel kommen läßt. Da gibt es hunderte Fälle in der Kunstgeschichte. Z.B. der Raffael …

FARKAS: Ich weiß. Der ohne Hände geboren ist …

GRÜNBAUM: Aber nein! Es heißt nur von ihm, daß er auch ohne Hände Maler geworden wäre.

FARKAS: Und da meinst du, man kann also auch ohne Geld Theaterdirektor werden?

GRÜNBAUM: Na – ist doch entschieden leichter! Hast du schon so einen Raffael gesehen?

FARKAS: Nein. Du?

GRÜNBAUM: Na hörst du? Sogar in unserer Familie. Mein Schwager Dr. Arthur Popper hat einen echten Raffael. Ein Stilleben.

FARKAS: Signiert?

GRÜNBAUM: Natürlich. Er hat nur den Namen Raffael ausgestrichen und Ernestine Popper drübergeschrieben.

FARKAS: Warum?

GRÜNBAUM: Weil sein Rechtsanwalt gesagt hat, er soll alle Wertsachen auf den Namen seiner Frau schreiben. Und er hat noch lauter so wertvolle Bilder. Einen Velasquez. Ein Zigeunermädel. Hat hundert Schilling gekostet.

FARKAS: Hundert Schilling?

GRÜNBAUM: Ja. Und dabei hat er's um den halben Katalogpreis bekommen.

FARKAS: Der Katalog kostet zweihundert Schilling?

GRÜNBAUM: Aber nein! Das Zigeunermädel hat laut Katalog zweihundert Schilling gekostet.

FARKAS: Zweihundert Schilling – ein Zigeunermädel? Ich hab' zu Hause den Prinzen von Wales für zwanzig Schilling! Ich sag' dir …

GRÜNBAUM: (einfallend) Sag' mir gar nichts, sondern hör' zu: Wir können, unserer Berufung folgend, ohne weiters ein Theater eröffnen.

FARKAS: So? Womit denn? Ich hab' vierzig Schilling im Vermögen.

GRÜNBAUM: No – und ich achtunddreißig.

FARKAS: Sind achtundsiebzig. Um ein Theater zu eröffnen, braucht man heutzutage doch mindestens zweihundert!

GRÜNBAUM: Wir werden so viel Geld haben, wie wir brauchen.

FARKAS: Und wir brauchen …?

GRÜNBAUM: Nichts.

FARKAS: Das haben wir schon jetzt beisammen.

GRÜNBAUM: Mehr brauchen wir doch auch nicht.

FARKAS: Du bist ein ausgeprochener Fakir. Wieso brauchen wir nichts?

GRÜNBAUM: Na, wir können uns doch alles allein machen! Wir halten uns ganz einfach an das Prinzip »Bediene dich selbst!« Das kannst du doch jetzt überall lesen. Autarkie nach außen und innen. An allen Ecken unserer Stadt tauchen solche »Quisisana!-Stätten« auf …

FARKAS: G'wiß is' ana dabei reich geworden und …

GRÜNBAUM: Ruhe! Espressos sind hoch in Mode: HK, OK, BK …

FARKAS: BK ist eine Elektrische …

GRÜNBAUM: Ich hab' dich nicht gefragt! (fährt fort) VN, GH – warum soll es also nicht auch ein Fri-Grü und ein Ka-Fa geben?

FARKAS: Frigrü – Kafa?

GRÜNBAUM: No ja – Fritz Grünbaum und Karl Farkas! Espresso der dramatischen Kunst! Wo jeder rasch und billig leichte Kost in abendfüllenden Portionen bekommen kann. Wir kochen selbst, servieren selbst – also brauchen wir niemand und nichts dazu. Wir machen uns alles allein. Wir sind die Vorkämpfer einer neuen Theaterwirtschafts-

Ära. Du wirst sehen, bald stehen alle anderen Bühnen geschlossen hinter uns!

FARKAS: Ich bitt' dich, spar' dir dein Pathos! Wieso können wir uns alles selber machen? Wir können wohl das Stück schreiben, die Hauptrollen spielen, inszenieren – aber woher willst du z. B. das übrige Schauspielerpersonal nehmen? Das Ensemble?

GRÜNBAUM: (überlegen) Woher? Hast du keine Familie?

FARKAS: Selbstverständlich. Oder hast du geglaubt, ich bin ein Findelkind?

GRÜNBAUM: Bestimmt nicht. Denn wer *dich* findet, bringt dich ganz sicher zurück ... Du hast also Familie?

FARKAS: Na – wie jeder. Familie ist ein Sammelname für Leute, die einen anpumpen, wenn's einem gut geht und einem Vorwürfe machen, wenn's einem schlecht geht ... Und in meiner Familie wird das noch verschärft durch Langlebigkeit einzelner Mitglieder.

GRÜNBAUM: Genau wie bei mir. Mein Schwiegervater ist erst mit 81 Jahren gestorben.

FARKAS: No und mein Großvater mit 96!

GRÜNBAUM: Das ist noch gar nichts. Ich hab' einen Onkel, der lebt heute noch! Der Onkel Pepi. Ein närrischer alter Brünner.

FARKAS: Und den willst du an unser Theater engagieren?

GRÜNBAUM: Natürlich! Wir müssen unsere ganze Familie zur Mitarbeit heranziehen. Das ist unser Ensemble!

FARKAS: Ich könnte vorläufig einen Cousin beistellen. Er ist zwar ein schwächlicher Mensch, aber trotzdem zu verwenden.

GRÜNBAUM: Was ist er denn?

FARKAS: Krank.

GRÜNBAUM: Ich meine, was macht er?

FARKAS: Er hustet.

GRÜNBAUM: (gesteigert) Ich meine, was macht er, wenn er nicht krank ist?

FARKAS: Dann hustet er nicht ...

GRÜNBAUM: (drohend) Ich meine – was macht er, wenn er nicht krank ist und nicht hustet?

FARKAS: Dann ist er gesund ... Aber momentan ist er

nicht besonders beisammen. Eben recht für unsere Zwecke.

GRÜNBAUM: Schön. Und ich spende einen Schwager. Der ist grad' disponibel. Er ist zwar auch nicht in der besten Kondition, er war nämlich sieben Jahre in Gefangenschaft.

FARKAS: Sieben Jahre? So lang hat doch der ganze Krieg nicht gedauert …

GRÜNBAUM: Wer redet vom Krieg? – Also vorwärts. *Meine* Verwandten sind grad' bei *deinen* Verwandten zu Besuch – also auf zu *unseren* Verwandten …

NACHKLANG

Kritiken und Texte zu den Theaterproduktionen

Kabarett »Hölle«

In diesem Theater-Kabarett geht es auch im April hitzig zu. Der neue Direktor *Soyka* entwickelt, dem Milieu entsprechend, brennenden Ehrgeiz und schlägt von Hans *Ziegler* bis zu Bela *Lászky* eine Brücke. Ein groteskes Spiel »Das Brauthemd« von Armin *Friedmann* bringt Hans *Ziegler*, Heinz L. *Fischer*, Maria *West* und Josef *Wolf* auf die Szene, die wohlgelungene Novität in der geschmackvollen Inszenierung von Dr. Heinz *Schusbaur* ist der diesmonatliche Treffer. Eine von Literatur überhauchte Operette »Adieu, du schöne Welt!« (Buch von Erwin *Weill*, Musik von Dr. Ferdinand *Scherber*) hat die nötigen Qualitäten. Valerie *Martens*, Richard *Waldemar*, Viktor *Flemming*, Alexander *Netzl*, Anton *Matscheg* und Karl *Schultz* singen und springen. Das Publikum geht bedingungslos mit. Der Soloteil ist ideale Kleinkunst-Mischung: Das Künstlerpaar *Lászky-Hegner*, der stets geistvoll-witzige Rudolf *Oesterreicher*, die Vortragskünstlerin Lotte *Klein*, Erwin *Weill*, Dr. Ferdinand *Scherber* im Zyklus »Im Schatten der Guillotine« und der junge Karl *Farkas*, an dem endlich wieder ein starkes Talent begrüßt werden kann. Als musikalischer Leiter ist Otto *Weber* wohl der allerbeste an dieser klingenden Stelle, ein neuer Orpheus in der Unterwelt.

Mittags-Zeitung, 18. 4. 1922

Küsse um Mitternacht

Die neue Revue in den Kammerspielen

Revue in zwölf Bildern
von Karl Farkas und Dr. Robert Katscher

Schon mit der letzten Revue »Was Frauen träumen« hat Direktor Siegfried *Geyer* einen neuen Weg gefunden, um aus dem stereotypen Rummel, den jede Revue bisher nötig hatte, herauszukommen. Er versuchte eine stillere und feinere Form diesem theatralischen Quodlibet zu geben. Und er hatte Erfolg. Die neue Revue, die in der vorigen Woche zum erstenmal in Szene ging, setzt diese gute Idee fort. Sie vermeidet das übliche Massenaufgebot von Statisten und Chorpersonal, das auf der kleinen Bühne übrigens kaum Platz hätte, sie vermeidet aber auch jede Trivialität, jede Konzession an den einfachen Publikumsgeschmack. Sie ist gescheit, aber nicht literarisch; sie ist bekannt, doch nicht lasziv; sie bringt schöne Frauen auf die Bühne und gute Komiker; sie enthält eine ganze Anzahl sicherer Schlager, die bald populär sein werden. Sie ist gut ausgestattet und schwelgt in Boulevardstimmung. Sie ist mondän und elegant, lustig und witzig, und sie avancierte – selbstverständlich – bei der Première zu einem Bombenerfolg.

*

Der Inhalt einer Revue läßt sich ebensowenig schildern, wie man eine Schlacht beschreiben kann. Erstere muß man gesehen haben, während man auf letztere nicht neugierig zu sein braucht. Bei einer Revue gibt gewöhnlich der Titel die Schlußpointe und die wichtigste Handlung an. Also: der unwiderstehliche *Harry (Oskar Karlweis)* wettet mit dem Herrn von unterwegs, der *Rappaport* heißt und von *Karl Farkas* dargestellt wird, daß er die stolze, unnahbare Großfürstin *Tatjana*, die von *Maria Astis* blonder Schönheit mit aristokratischer Würde gespielt wird, um Mitternacht küssen werde. Der

junge Harry, von seiner Freundin Lissy *(Klara Karry)* stets verfolgt, ist nun hinter der Großfürstin her, fährt mit ihr im Speisewagen vom Semmering nach Wien, folgt ihr in den Prater und erreicht sie schließlich im Sanatorium Krida. Im letzten Bild kommt die Überraschung: die ganze Jagd war nur ein Trick, um eine sichere Wette zu gewinnen. Rappaport zahlt enttäuscht, doch mit einem falschen Wechsel, und das schöne Paar findet sich in einem symbolischen Boston, der auch der Revue seinen Namen gegeben hat.
In allen Bildern und Szenen geht es lustig her. Im Wurstelprater erscheinen alle die Typen, die jenen unverwüstlichen Lokalkolorit ausmachen, den man unter dem Begriff »Prater« noch immer verehrt. Ein Ausflug in die Vergangenheit führt in das Jahr 1913 zurück, in jene friedensselige, gott- und goldkronenvolle Zeit, der man sich nur mit wehmütiger Sentimentalität erinnert. Im Klub der Exzentrischen, dem *Hilde Radnay* präsidiert, ist man nach den letzten Prozeßgeheimnissen auch nicht unerfahren. Dazwischen tanzt *Sascha Leontjew* sein russisches Programm. In einer anderen Szene, die den Titel *»O selig, ein Kind noch zu sein«* führt, haben *Klara Karry* und *Oskar Karlweis* Gelegenheit, köstliche Parodien *Mizzi Günthers* und *Louis Treumanns* zu bringen. Im Sanatorium Krida regnet es von aktuellen Anspielungen und Galgenwitzen und zum Schluß entläßt eine Kuß-Szene das Publikum in die heimischen Ehebetten.
Die Musik des jungen, hochbegabten *Dr. Katscher* ist frisch und fesch, modern und lebhaft. Sie bevorzugt elegante Rhythmen und legt auf Niveau und Originalität besonderes Gewicht. Einer der Schlager ist vorzeitig in Wien populär geworden. Es ist jener Shimmy, den man in jeder Bar schon singt und der in dem bekannten Refrain »Jede Gnädige, jede Ledige trägt den Bubikopf so gern« die Haarmode unserer Gegenwart glossiert. Das große Lied der Revue, ein feiner, langsamer Boston, »Küsse um Mitternacht«, ist dieser Nummer als Notenblatt beigelegt. Ein sehr lustiger Shimmy ist im neunten Bild: »Der Bobby Kohn ist kein Verkehr für Dich«. *Kurt Fuß*, der als Tänzer brilliert, hat mit seinen sechs Ballettratten zwei ausgezeichnete Tanznummern einstudiert: »Ich liebe nur Cilly Bom-Bom« und für den Schlußrummel: »Ich möchte nicht

der Jackie Coogan sein«. *Oskar Karlweis* singt ein reizendes Lied von den Katzerln im Prater, *Klara Karry* hat einige gute Nummern. Zuerst ein fesches Lied »Du bist der Index meiner Seele«, dann den drolligen Java »Das ist der Java von Bratislava« und mit *Kurt Fuß* den grotesken Tanz: »Ja müssen denn beim Treusein zwei sein?« Der schönen *Gerda Maurus* Solo ist im Pelzsextett.
Über die Aufführung läßt sich nur das Beste berichten. Sie fand den Beifall des Publikums, das die Schlager da capo verlangte und sich über die vielen Witze und aktuellen Andeutungen amüsierte. Die Kritik der Revue erfolgte eigentlich schon bei der Première. In der ersten Reihe saß ein Schauspieler *(Fritz Schrecker)* in der Maske unseres Doktor Liebstoeckl und verteidigte die Vorträge der Revue gegen den jungen Kritiker-Kollegen, der unserem Anton Kuh ähnlich war, und gegen die schnippische Rezensentin. Und dieser falsche Dr. Liebstoeckl behauptete, das Ganze wäre ein Erfolg. – Es war aber auch ein Erfolg, ein sehr, sehr großer außerdem.

Die Bühne, Nr. 1, 6. 11. 1924

Hölle

Im Mittelpunkt des Novemberprogramms stehen Annemarie Steinsieck, die nach langer Zeit wieder einmal im Kabarett auftritt, und Hugo Werner-Kahle, ihr Gatte und Partner in einem spannenden Einakter »Der Mann im Regen« von Lippschitz, den Karl Forest in Szene gesetzt hat (wir meinen den Einakter, nicht den Verfasser). Überflüssig zu sagen, daß Frau Steinsieck so schön ist und so fein spielt wie auf dem Theater, und Hugo-Werner Kahle seine bekannte, gruselige Spezialität entwickelt: er gibt da einen Mann, der so tut, als wäre er ein Lustmörder. (Er ist es diesmal nicht.) – Von alten und guten Bekannten kommen wieder Franzi Ressel, die dramatische Diseuse, eine darstellende Sängerin Wiener Schlages und Schlager, und Karl Farkas, der unübertreffliche Schmonzist, der hier den Conférencier macht (während er bekanntlich um 10 Uhr abends auf der Bühne der Kammerspiele steht, als Autor, Regisseur, Schauspieler, Sänger – Farkas macht eben alles). Auch Kurt Karsten ist wieder da, ein ebenso junger wie guter Kopist bekannter Köpfe und Stimmen; täuschend imitiert er sie. »Das große Rätsel« wird Afra genannt, ein fragezeichenumschwirrtes Wesen, das Gedanken liest, die Namen der Besucher errät und so Verblüffung verbreitet, Hadji Sambalo und die Seinen bringen Tische und Stühle zum Fliegen, sie zeigen den Spiritismus von der artistischen, der Trickseite. Endlich treten die drei Burger auf, glänzende Tänzer.

Die Bühne, Nr. 2, 14. 11. 1924

Halbwelt Wien I

Die Revue der Kammerspiele

»Die Reise um die Halbwelt in 120 Minuten«

von Karl Farkas und Ludwig Hirschfeld

Die Leut', die die neue Revue seh'n,
Die hab'n ein Vergnügen vom Zuseh'n.

Kaum Lichter der Dichter aufflackerten,
Freut man sich der Beine, der nackerten,

Die höchstens noch dann übertrumpft sind,
Wenn sie – bis ans Höschen – bestrumpft sind.

Man weiß nicht zu sagen beinahe, wer da
Die Nett'ste: Kött, Mills oder Maurus Gerda.

Sehr wirksam der Zauber des Hexenknickses
Der acht violetten Jackson-Mädels.

Und wenn der Farkas magyarisch spricht,
Glaubt mancher, daß er jetzt arisch spricht.

Er hat einen Onkel im Musenreich,
Dem kommt nur der Neffe im Schmusen gleich;

Die Tant' aber in Kaltenleutgeben
Muß Witz' ihm für die alten Leut geben,

Damit auch die müdesten Bonzeln
Die Schmonzes aufregsam beschmonzeln.

Manch' Wort dann, sehr lobend und wirsch fällt
Ab für die Musik von L. Hirschfeld.

Zum Schluß und zum täglichen Ausgleich
Der Prosa und Versdichtungen

Steht Halbwelt beim nächsten Haus gleich,
Nach allen Verkehrsrichtungen.

Ludwig Hirschfeld, Die Bühne, Nr. 20, 26. 3. 1925

Revue im Bürger-Theater

Journal der Liebe …
Zwanzig Bilder aus dem Leben einer Diva

Ein sogenanntes Gespräch mit Karl Farkas

An einem Probevormittag, da alle noch zuversichtlich einer Verschiebung des Premièrentermines entgegensehen, da von den zwanzig Bildern der neuen Revue von Fritz Grünbaum und Karl Farkas erst rund eineinhalb Dutzend ganz erdacht, dreiviertel geschrieben, halb erprobt und ein viertel feststehen, gelangt man zu Farkas, dem Mitautor, Mitregisseur und Mitdarsteller nur über eine Mauer von Direktoren, Girls und andern künstlerischen Beiräten. Er ist nach einigem Nachdenken und ebenso vielen gereimten und ungereimten Beiseitescherzen über sein eigenes Werk genügend informiert, um noch vor der Première etliches verraten zu können. Dazwischen sind allerdings Kostüm-, Regie- und Textfragen zu beantworten, so daß das Gespräch ungefähr folgendermaßen aussieht:
»Unsere Revue ist eine Operette in … Aber natürlich kann man den blauen Stoff für den Johann-Strauß-Himmel verwenden … wir haben nämlich ein Bild mit einer Johann-Strauß-Huldigung – also, wie gesagt, eine Operette mit vielen Bildern … meinetwegen können Sie auch die Girls damit anziehen, Stoff genug … wenn ich mit so wenig Stoff auskommen könnt', aber das Leben einer Diva – ja, ja, das ist der Stoff der Revue – nicht wahr, man wird ganz nervös … wie soll ich wissen, wo der Glawatsch ist – wo ist der Glawatsch? … na also, was fragen Sie dann mich … mit einem Wort, die Revue behandelt das Leben einer Diva – das wissen Sie schon aus dem Titel? Natürlich … aber meine Damen, in einem Parfümerieladen benimmt man sich viel duftiger … nebbich, es ist ihnen zu kalt … setzen Sie den Hut auf, sonst werden Sie Frostbeulen kriegen … gut, soll derweil der Fleischmann allein das Duett singen … ich bitt' Sie, kommen Sie da weiter ins Parkett; wenn man allein sein will, muß man sich in ein Thea-

ter ins Parkett setzen – die Diva soll heiraten – ja, die in unserer Revue: jetzt rede ich doch schon die ganze Stund' von unserer Diva, die am Polterabend in ihrer Wohnung im Cottage den Regisseur Karlheinz Rubinstein empfängt, den spiel' ich, und sie hat ein Tagebuch, in dem sie ihre ganzen Erlebnisse aufgezeichnet hat. Der Regisseur sagt zu ihr ... schau'n Sie, Herr Direktor, drei Minuten lassen Sie mich leben ... ich sag' zu ihr, sie soll das Tagebuch vor ihrer Heirat vernichten, damit ... was ist mit der Esplanade? – einen Moment ... selbstverständlich in der Maske ... kurzum, bevor sie das Tagebuch verbrennt, liest sie es noch einmal durch und die einzelnen Tagebuchblätter sind die Bilder der Revue. Ihre Karriere beginnt in einem Parfümerieladen, führt über den Heurigen nach ... die Zwischenbilder werden heute nicht probiert, nein, ich muß noch einen Text schreiben ... heute nachmittag kann ich mich hinsetzen ... auf der Esplanade, das ist in Ischl natürlich ... die Diva soll die Hauptrolle in der ›Fürstin Clarica‹ spielen, und sie kommt auf ihren Gastspielreisen ... ja, ja, ja, ich komme schon, sofort ... verzeihen Sie ... Sie sehen ... das andere können Sie sich ja denken ... auf Wiedersehen bei der Première.«
Was soll da der Komponist Dr. Egon Neumann, der zugleich Kapellmeister ist und mit der anderen Hand auf dem Klavier spielt, über seine Schlager sagen? Die zwei Dutzend Girls klappern mit ihren nackten Zähnen, die anscheinend echt sind. Das andere kann man sich ja denken, und sehen bei der Première.

Hll. (Fred Heller) u. Karl Farkas, Die Bühne, Nr. 63, 21. 1. 1926

Operette oder Revue?

Eine Umfrage

Ich betrachte die Revue als einen Modeartikel; sie hat, so wie seinerzeit die Operette das Schauspiel verdrängte, jetzt die Operette verdrängt. Die eigentliche Revue ist aber überhaupt kein Theaterstück. Erst wir in Wien haben sie dazu gemacht. Es ist mein bescheidenes Verdienst, Handlung, eine durchlaufende Idee in sie hineingebracht zu haben. Und ich will es im Verein mit *Fritz Grünbaum* im nächsten Jahr noch stärker tun, will eine regelrechte Operettenhandlung mit Konflikt und Finali der Revue eingliedern. Das alles gab es ursprünglich nicht. Die Operette wieder hat sich eigentlich überlebt, weil sie seit der »Lustigen Witwe« immer dieselben Bücher hat. Es gibt immer die zwei Liebespaare, von denen man von Anfang alles weiß. Das eine zerkracht sich im zweiten Akt, um sich todsicher im letzten zu finden, das andere singt zwei Duette, tanzt und sorgt für Komik. Dieses Stehenbleiben hat der Operette natürlich viel von ihrer Anziehungskraft genommen. Trotzdem glaube ich, daß die Revue nur eine temporäre Erscheinung ist und daß die Operette wieder aufleben wird, wenn Neues, vielleicht aus der Revue Genommenes, wieder in sie hineingetragen wird.

Ich für meinen Teil beabsichtige, in die Revue alles das einzupflanzen, was die Operette Gutes hat, denn ich bin mir ganz genau bewußt, daß speziell die Wiener jetzt in die Revuen nur laufen, weil sie etwas Neues sind.

Karl Farkas

Die Bühne, Nr. 76, 22. 4. 1926

Alles aus Liebe

Die neue Revue im Wiener Stadttheater

Lange vorbereitet, kam endlich die neue Wiener Stadttheater-Revue heraus. Sie ist ausführlich und üppig, zählt an die fünfzig Szenen und Hunderte prunkvoller Kostüme und Toiletten. Für jene zeichnen Karl *Farkas* und Ernst *Marischka*, für diese Alfred *Kunz*. Farkas hat die Revue mit seinem Witz und seinen Knüttel- und Schüttelreimen gefüllt, und es ist sehr nett, wie er manche mit dem Vorbehalt der Selbstpersiflage vorträgt. Reizend aber ist sein Couplet »Pflückt ein Mädel Ribisel, zwickst du sie ins Knie bissel«. Und daß der vom Gelegenheitsreimer zum Revue-Direktor vorgeschrittene Humorist auch seine Figuren so mühe- und krampflos darstellt, erhöht das Vergnügen an seinem Worte- und Theaterspiel. Alfred Kunz hinwiederum ist ein geschmackvoller und einfallsreicher Künstler, seine Kostüme und Dekorationen sind blendend und dabei vornehm.
Die Stars der Revue sind neben Karl Farkas der Beau Hans *Unterkirchner*, der wandelbare Hans *Moser*, der sich ja als Retter in der Episodennot dritter Akte einen unzerstörbaren Ruf erspielt hat, die schönste und rassigste Tänzerin *La Jana*, deren Körper ein Wunder ist, die dezenten, feinen, reifen Tanzkünstlerinnen *Rowe Sisters*, und die *Violet-Girls Alfred Jacksons*. Diese sechzehn kleinen Mädel voller Vergnügen an der eigenen Beweglichkeit mit guten Beinen und Launen, stellen den Rhythmus der Revue dar und brillieren besonders in einem Eisenbahntanz. Dann sind noch Anny Coty, die sympathische Wiener Diva, die drastische Polly Koß, der tieffröhliche Sigi Hofer, die Soubrette Margit Künl, die schöne Maria Asti und das Tanzpaar Les Fellows zu nennen, ein gutes Ensemble also. Es gibt viele schöne Bilder, die trotzdem das Auge nicht anstrengen, so: eine herbstliche Jagdszene und ein lebendiges Porzellan, eine Revue der österreichischen Bundeshauptstädte und der Wiener Küchenspezialitäten – es gibt auch eine Reihe hübscher Wiener Girls – aber man unterhält sich am besten bei den Zwischenspielen, einem Sketch wie dem Zu-

kunftsbild von den verweiblichten Männern und den vermännlichten Frauen, einer Episode wie dem Hunde-Intermezzo, in dem Farkas, Moser, Hofer und Egger die Rassenfrage besprechen und Moser stürmischen Lacherfolg hat. Die von Hubert Marischka inszenierte Revue begleitet eine geschmackvolle und reizende Musik von Ralph *Benatzky*, die auch einige »Schlager« serviert.

fr (Fred Heller), Die Bühne, Nr. 152, 6. 10. 1927

Passen Sie auf!

»Hölle«-Revue von Karl Farkas

Es ist nichts Neues, daß aus einem erfolgreichen Chansonrefrain ein Revuetitel wird. Ist aber dieser Titel so gut, wie der der neuen Hölle-Revue, dann kann schon die Revue selber nicht mehr viel verderben.
In der Hölle, die sich unseren Augen nach langer Schließung in völlig neuem Gewande, verschönt und verjüngt wieder bot, haben sie sich ein kolossales Programm gesteckt. Nicht mehr und nicht weniger wurde versucht, als eine Synthese von Kabarett und Revue zu schaffen. Das Publikum soll beides genießen können. Bis 11 Uhr gibt es also Kabarett und dann eine veritable, erstklassig besetzte und reizend inszenierte Revue aus der Feder Farkas' und mit der Musik des jungen begabten Steininger. Große Namen, bekannte wie die der Diseusen Else Kaufmann, Christl Giampietro und Friedl Keil, wie der Kolischers, dessen Annoncierung allein ein Programm bedeutet, dann in der Revue selber Farkas und der lustige Sigi Hofer, der tanzgroteske Fritz Steiner und Ballettmeister Heigl, Puchstein und viele andere treten uns entgegen; neben bisher unbekannten, aber dennoch bestimmt bald berühmten.
Da ist vor allem die pikante, gertenschlanke Olly Szokolay. Sie singt ausgezeichnet und tanzt brillant, sie spielt und verfügt über ein sprudelndes Temperament … kurz, eine neue Tanzsoubrette wurde da entdeckt, wie sie sein soll. Kein Wunder, daß Marischka sie schnell seinen Bühnen verpflichtete.
Köstlich sind Sigi Hofer und Fritz Steiner in einem Soldatenbild, das die Verhältnisse schildert, wenn die Mittelmächte den Weltkrieg gewonnen hätten. Speziell Fritz Steiner ist von erschütternder Tragikomik und zeigt, daß er nicht nur Tanzkünstler, sondern auch ganz große schauspielerische Leistungen zu bringen vermag. In einem russischen Bild vereinigt er sich mit Olly Szokolay und den Girls im Stil des »Blauen Vogels«. Auch ein paar lustige Dialoge im Zuschauerraum erzeugen den nötigen Kontakt mit dem Publikum und sorgen für

die richtige animierte Stimmung. Daß es eine Höllenstimmung wird, ist wohl nicht erst zu betonen.
Die kleine Hölle-Revue ist mit allen Finessen einer großen Schau aufgemacht. Es gibt entzückende Girls und kostbare Ausstattung, lustige Sketche, und zwischen all dem schwingt Farkas die Geisel seiner zündenden brillanten Wortwitze. In Kapellmeister Schwarz' Händen ist der musikalische Part gut aufgehoben und bei Glasel für eine exzellente Küche gesorgt.
Für das Wiener Nachtleben bedeutet die Wiedereröffnung der »Hölle« ein nicht genug hoch anzuschlagendes Plus.

fr (Fred Heller), Die Bühne, Nr. 157, 10. 11. 1927

In zehn Tagen eine Revue

Karl Farkas als Schnelldichter

Die Probe dauert an. »Die« Probe, weil es nur mehr eine einzige ununterbrochene gibt, die sich in allen verfügbaren Räumen des Stadttheaters abspielt. Nur Karl Farkas steht still und ruhig lächelnd in dem ihn umbrandenden Trubel. Nervosität? – Kennt er nicht. Nach einer durch Verfassung, Einstudierung und Aufführung von nicht weniger als 37 Revuen erhärteten Erfahrung hat er sich jetzt bei der 38. zu der Überzeugung durchgerungen, daß auch bei der größten Aufregung endlich und schließlich alles in Ordnung kommt.

»Diesmal war es ja wirklich eine besondere Post- und Expreßarbeit«, meint Karl Farkas, »am siebenten September wurde das Theater gepachtet, am fünfzehnten bekam ich den Auftrag, eine Revue zu schreiben, und am fünfundzwanzigsten war sie fix und fertig. Da ich aber außerdem noch in den Kammerspielen aufzutreten hatte, blieben mir nur zehn Nächte zum Schreiben übrig.

Ich war also wieder einmal entschlossen, die große Reformrevue, die Revue mit durchgehender, logisch und psychologisch bis ins Kleinste ausgearbeiteten Handlung zu liefern! Ganz so, wie die siebenunddreißig Male vorher. Eine gewisse Schwierigkeit bei diesen Absichten sind von allem Anfang an die Revuedirektoren. Sie sagen nämlich: ›Sie müssen eine Revue machen, aber: ich habe ein spanisches Bild, eine wunderbare Fußspitzentänzerin, dann habe ich ein wunderbares goldenes Finalebild, außerdem muß ich die Ausstattung eines Bildes »Die Spazierstöcke«, das ich in Paris gekauft habe, verwenden ... Ja, dann habe ich noch einen Affen, der in einem Sketch vorkommen muß ...‹

Und damit ist die Liste noch lange nicht aus. So, da hinein zwischen diese gegebenen Punkte, gewissermaßen die Fixsterne am Revuehimmel, muß also eine geistreiche Handlung erfunden werden. Klug und logisch verbunden selbstverständlich. Nun schwitzt der arme Revueautor, läßt alle Minen seiner Erfindung und Phantasie springen und glaubt, endlich etwas zusammengebracht zu haben. Die Revue mit der Handlung! Am Schluß der Proben ist die Situation dann wieder insoweit zuungunsten des Autors geändert, als die Direktoren, mit einem Rotstift und außerdem noch mit einem Blaustift bewaffnet, zu streichen beginnen. Es muß etwas gekürzt werden, es ist zu lang. Von den teuren Attraktionen? Die kosten viel Geld, auf die kann man nicht verzichten. Auf ein Ausstattungsbild? Dieselben Gründe der Ablehnung. Also was bleibt übrig? Von der Handlung kann man ja etwas wegnehmen. Die kostet wenig, ist ja nur ein geistiges Produkt, also weg damit. ›Daß sich das Paar bekommen muß, wissen die Leute ohnehin!‹ ist immer die letzte Meinung. Das ist der Grund, warum der Autor immer hoffnungsvoll mit der noch nie dagewesenen Neuheit einer Revue mit Handlung die Arbeit beginnt und dann zum Schluß den Vorwurf hören muß, daß noch keine vorhanden ist. Für ›Sie werden lachen‹ war noch keine Generalprobe, dann darf ich immer noch hoffen, die interessante, kriminalistische Handlung, die ich unter Einfluß der Welle von Kriminalgeschichten aus Amerika und England geschaffen habe, dem Publikum als Detektiv Sherlock Porges ohne weitere Striche vorstellen zu können.«

Die Stunde, 9. 10. 1928

Farkas-Grünbaum-Revue

In den Kammerspielen gelangt am 15. Februar nach langer Pause wieder eine Revue, und zwar von Karl Farkas und Fritz Grünbaum, zur Erstaufführung. Sieben Jahre lang waren die beiden beliebten Wiener Komikerautoren nach großen gemeinsamen Erfolgen getrennt gewesen. Jetzt, nach den sieben dürren Jahren, starten sie wieder gemeinsam als Autoren und Darsteller in der von ihnen verfassten Revue *Bediene dich selbst*! in den Kammerspielen. Diese Revue stellt etwas völlig Neuartiges auf dem Gebiet des heiteren Bühnengenres dar. Ihr Untertitel lautet: »Familie auf dem laufenden Band« und deutet damit geheimnisvoll den aparten Inhalt der durchaus originellen Handlung an. Farkas und Grünbaum wieder vereint: das Wiener Publikum ist entzückt über diese neue alte Alliance.

Wiener Sonn- und Montagszeitung, Nr. 4, 28. 1. 1935

Theater und Kunst

Bürgertheater

»Was kostet Wien?«
Zwölf Bilder von Karl Farkas und Fritz Grünbaum

Diese Frage bekommt man in der neuesten Revue der bewährten Autoren auf's genaueste beantwortet. Eine richtige Volksstückhandlung aus der guten Wiener Zeit der Silbergulden wird in eine neuzeitige, glanzvolle Aufmachung eingehüllt. Alles ist da, was einst den Zauber der Kaiserstadt ausmachte: Schönbrunn, Grinzing, die berühmte Adriaausstellung; auch die klassischen Stätten des Drahns werden wieder lebendig. Jüngeren Jahrgängen mag es wirklich manchmal »historisch« vorkommen. Der Urwiener Fiaker Vinzenz löst die Aufgabe, in einem halben Tag auf fesche Art tausend Gulden anzubringen, wirklich im Geiste seiner Zeit und seines Bodens. *Farkas* und *Grünbaum* sind seine getreuen Führer und Chronisten durch gar vielfache Revueabenteuer. Tannhäusers Hörselberg ist nicht so blendend, abwechslungsreich, auch nicht so verführerisch ausgestattet wie die von Alfred *Kunz*, Tom *Kraa* entworfenen Bühnenbilder und Kostüme. Die zahlreichen Musikstücke von Walter *Hahn* und Fritz *Kramer* klingen gut, halten die Beziehung zum Tanzgenre von heute aufrecht.
Überflüssig zu sagen, daß sich die Autoren wieder zwei Charaktertypen ersonnen haben, durch die sie die besondere Art ihres Humors wirken lassen: Fritz *Grünbaum* ist auch diesmal der Träger nachdenklicher Aphorismen, *Farkas* der Feuerwerker eines bestehenden Witzes. Ein eigenartiges, reizendes Talent ist Phillis *Fehr*. Olli *Gebauer* ist in ihrem Genre kaum zu übertreffen: Temperament und Rassigkeit wirken zündend. Irene *Seidner* ist ganz auf Pointen eingestellt. Ausgezeichnet ist in seiner trocken-breiten Naturwüchsigkeit Herr *Böheim*. Fritz *Puchstein* singt ein Wiener Lied heute niemand so leicht nach; er hat noch Tradition im Ausdruck. Lieblich anzusehen ist Carmen *von Perwolf*, übrigens auch noch die vielen anderen

Girls und Mäderln aus England und Wien. Wer lachen will, Freude an schönen Bildern hat, kommt reichlichst auf seine Kosten. Es gab großen, stürmischen Beifall und – das sicherste Zeichen des Erfolges: Stürme von Lachen. Direktor *Müller* hat einen sicheren Start erwischt.

Wiener Zeitung, Nr. 79, 20. 3. 1936

Man neckt uns am Mars

Die neue Revue »Man neckt uns am Mars« von Karl *Farkas* und Fritz *Grünbaum*, die auch die besten Darsteller dieser Szenenfolge sind, bringt, aus der Marsperspektive gesehen, witzige, aktuelle und satirische Darbietungen über die Themen Liebe, Ehe und Wirtschaft. Dazu kommt ein strahlender Kranz von weiblichen Sternen, die ursprünglich den Mars begleiten, später aber auf der Erde ihr mehr oder minder schalkhaftes Unwesen treiben. Am besten gefiel das Gespräch der beiden Autoren über die letzten Veränderungen in Europa und die »Radioreportage« aus Wien, Budapest und Prag sowie die diversen »Kaffeehausszenen«, während diesmal die Monologe Fritz Grünbaums den gewohnten Witz vermissen ließen. Um die Darstellung der übrigen Rollen bemühten sich mit großem Erfolg Fritz *Strehlen*, Fritz *Puchstein*, Harry *Stollberg* und die Damen Ina *Elben*, Claire *Eiselmeyr*, Gertie *Kalmar*, Monika *Monti*, Edritta *Ragette*. Der Simpl hat, nach der beifälligen Aufnahme dieser neuesten Revue zu schließen, sicherlich für längere Zeit keine Repertoiresorgen.

Wiener Zeitung, Nr. 1, 1. 1. 1937

Wir fallen aus dem Rahmen

Kabarett Simplizissimus

Immer aus dem leichten Witz, der bald sein Stichwort findet, betreiben *Grünbaum* und *Farkas* so etwas wie eine Revue. Szenen, lose aneinander gereiht, haben als das sie Verbindende bloß ein Schlagwort. Daß eine Erbschaft, wie das erste Bild zeigt, sich aus hinterlassenen Bildern rekrutiert, genügt als Anschlag für alle noch folgenden Bilder, die nicht immer im Rahmen des Themas bleiben müssen. Oft ist der Rahmen nur ein Reifen, durch den der Witz zu springen hat. Ein Witz, der im Jargon sich vorbereitet weiß, und der mit behender Dialektik alle naheliegenden Wortassoziationen abgrast. Bei solchem Hergang ist das »Bild« nur Staffage, aber wenn es wirklich auf den Vorhang projiziert wird, eine Gelegenheit, es meditierend zu glossieren. So führt der Witz sich verschiedentlich auf, verkleidet in ein Kostüm wie in der »Nachtwache« im »Kaffeehausidyll« (Daumier) und als Max und Moritz nach Busch. Oder in der Form von kurzen Szenen, »Reigen 1937« benannt, die den Witz mit seiner ganzen Episode auf die Bühne bringen. Aber bei dieser Methode kommt doch nicht eine naturalistische Kurzkomödie zustande, sondern nur die Illustration eines Boulevardwitzes, dessen Pointe in der aufgewendeten Apparatur erstickt. Sicherlich weiß man von dieser Schwäche, weshalb man den ganzen Abend ein rasches Tempo einhält, und den Zuschauer mit dem abwechslungsreichen Bild fesselt. Zudem gibt es eine Reihe schöner Frauen, die ihr gewinnendes Aussehen nicht zu verleugnen brauchen, und die es verstehen, die verschiedensten Kostüme immer nur als Hülle zu tragen. Kommt bei einzelnen dieser ausgesuchten Frauen noch ein schauspielerisches Talent hinzu, so ist es dem Zuschauer angenehm, mit der Augenfreude nicht geprellt worden zu sein. Grünbaum und Farkas sind wie immer die trefflich aufeinander eingespielten Partner, die es verstehen, den Witz wie an der überraschenden Improvisation gedeihen zu lassen. Schade, daß der schauspielerische Gestus so stark jargongebunden ist, so daß es niemals zu einer tragikomischen Wirkung kommt. Von Grünbaum und Farkas geht ein starkes Animo aus, aber ihr Witz bleibt unverkörpert, findet nicht nur jener bald verdrossenen Komik, in der menschliches Ungemach ein Ventil sucht. Das Ensemble hat mit Fritz *Strehlen*, Harry *Stollberg*, Fritz *Puchstein* und Max *Brod* Schauspieler, die aus jeder Episodenrolle das Beste herauszuholen wissen. Musik: Robert *Schwarz*, Ausstattung: Alfred *Kunz.*

A. B. W., Wiener Zeitung, Nr. 55, 24. 2. 1937

Stark östlicher »Humor«

(...) Als armseliger »Blitzdichter« holte er sich eine Abfuhr, kam dessen ungeachtet an das Linzer Stadttheater und tauchte dann wieder in Wien im *Simplicissimus* – aber noch immer als unbekannte Größe – auf. 1923 brachte er mit seinem dann unzertrennlichen Rassegenossen und Freund Fritz *Grünbaum* die Ausstattungsrevue »Wien lacht wieder« heraus. Nun war er der »gemachte Mann«, der sehr bald die gleichen Allüren wie seine schon im Wiener Theaterleben bekannteren Artgenossen besaß. (...)
Mehr und mehr stieg der Ruhm des ungarischen Juden. Er begnügte sich nicht mehr als Beherrscher der Wiener Kabarett-«Kunst«, sondern zog auch alsbald in fast sämtliche Wiener Theater. Seine Tätigkeit warf bald so viel ab, daß der als abgerissener Jude nach Wien gekommene Farkas nur noch im Sechszylinder fuhr und sich am *Semmering eine Villa zulegen konnte.*

Frechheiten im »Morgen«

Mit *Grünbaum* zusammen warf sich Farkas dann auch auf das Zeitungs-«Geschäft«. Jeden Montag konnte man im Maxe Schreierschen *Morgen* die »witzigen« Ergüsse dieser beiden Juden lesen, die sich bei den Machthabern des Ständestaates dadurch in hohe Gunst brachten, daß sie die neuen Einrichtungen des nationalsozialistischen Deutschlands in der perfidesten Art heruntersetzten und in ihren krampfhaften und geistlosen Witzen selbst vor den führenden Männern des neuen Deutschland nicht halt machten. Wenn auch ein Lob dieser Juden für das neue Deutsche Reich schlechthin eine Beleidigung gewesen wäre, Herr Schuschnigg hätte deren Auswüchse keineswegs, schon gar nicht aber nach dem Juliabkommen dulden dürfen. Kurt waren aber, wie er sagte, »die Hände gebunden«, die ungeknebelte, demokratische, christlich-ständische Presse ...

Den Grünbaum haben wir!

Nie hatte auch nur ein Schimmer von Uneinigkeit das »Schaffen« dieser beiden Juden getrübt. Geld hatten sie immer, wenngleich auch heute ihre Schuh- und Kleiderlieferanten nach Bezahlung schreien, aber nun … nun sitzen sie beide so traurig wie noch nie. Und das Bedauerliche – für uns – ist der Umstand, daß sie nicht zusammensitzen, wie man es bei der dicken Freundschaft eigentlich erwartet hätte. Denn während Herr *Grünbaum* in Österreich nun Gelegenheit hat, alle seine verzapften Witze nachzulesen, hat es *Farkas* vorgezogen, den Aufstieg Österreichs von Brünn aus zu studieren. (…)

Franz Hutter, Völkischer Beobachter (Wien), Nr. 62, 17. 5. 1938

DER FARKAS? HUT AUF!

Kabarett und Revue in den zwanziger Jahren

Der Begriff der »Goldenen zwanziger Jahre« Wiens verbindet sich häufig mit dem zum Mythos geronnenen Bild einer aufregenden Epoche, die den Aufbruch und Siegeszug der Moderne in Architektur, Literatur, Musik, Bildender Kunst, Pädagogik, Soziologie, Philosophie und Psychoanalayse markiert. Das lange Jahrzehnt von 1918 und 1933, zwischen Zusammenbruch der alten Staatsmacht und dem Aufbruch zu einem neuen Totalitarismus, zwischen dem »Tod der k.u.k. Weltordnung« und der »Vertreibung der Vernunft«, war zweifellos eine oftmals als grell, hedonistisch und temporeich beschriebene Zeit der neuartigen Kulturkonsumindustrie und avantgardistischer Kunst, der großen Einzelgänger und der Entdeckung der Massenkultur gleichermaßen: Alban Berg, Hermann Broch, Robert Musil, Joseph Roth, Franz Werfel, Oskar Kokoschka, Ludwig Wittgenstein seien hier in diesem Zusammenhang ebenso erwähnt wie Fußballplatz, Boxring, Massenpresse, Kino und Rundfunk, Operette, Revuetheater, Jazzmusik und Kabarett. Es war die Zeit, in der die zahlreichen Arbeitslosen von Marienthal in der empirischen Sozialwissenschaft erforscht, die Ideen des Austromarxismus und der Frauenbewegung in der Praxis erprobt wurden. Es war die Epoche, in der Max Reinhardt die Salzburger Festspiele inszenierte und das Theater in der Josefstadt führte, Berg, Schönberg, Strauss, Webern und Krenek die Opern- und Konzerthäuser revolutionierten, in der Tonfilm und Schlagermusik ebenso wie die amerikanischen Tänze, eine neue Mode und der Bubikopf ihren Siegeszug antraten, die jüdischen Vorstadtbühnen, die Kabaretts mit Fritz Grünbaum und Karl Farkas und die Varietés und Revuen der Innenstadt mit langbeinig-leichtgekleideten Girls Triumphe feierten. Es war ein Jahrzehnt, in dem die Wiener Gemeindebauten entstanden, eine Vergnügungssteuer in Wien eingeführt, die Wiener Messe, der Wiener Kreis und die Ravag gegründet, das Salzburger Festspielhaus und das Krematorium von Clemens Holzmeister am Wiener Zentralfriedhof eröffnet wird. Ein Jahrzehnt aber auch, in der militante Aufmärsche, Ausschreitungen, Arbeitslosigkeit und Antisemitismus anwachsen, der Justizpalast brennt, die Universität zum weltanschaulichen Kampfplatz wird und die Stadt insgesamt immer deutlicher

Alfred Polgars Beschreibung vom »fidelen Grab an der Donau« entspricht.
Charakteristisch für diesen kurzen Sommer der Freiheit war vor allem, daß explosionsartig ein neues Lebensgefühl entstanden war. Es zeigte sich in einer geänderten Alltags- und Populärkultur, die für viele in einem beschleunigten Lebensrhythmus, im neuen Wohnen, im Schnellimbiß, in Schul- und Lebensreformkonzepten, in Formen der Massenästhetik, im modernen Freizeit-, Sexual- und Konsumverhalten bestand und sich in der Eroberung der Lüfte und Kontinente, in der Motorisierung der Landstraße, im Kreuzworträtsel und dem Kriminalroman, in der Charlie Chaplin-Verehrung, dem Dadaismus und der Doppelconférence auszudrücken vermochte. Zeppelin und Zirkusprinzessin, Schlager- und Revuetaumel gehören ebenso zu jenem Zeitbild wie die regelmäßigen Banken- und Börsenkrachs.
Derlei Manifestationen der kulturellen Moderne der zwanziger Jahre waren allerdings, im Schatten von Demagogie und Demokratie gleichermaßen, in einem steten Kulturkampf eingebettet. Man wandte sich an alle und ließ doch genügend Raum für die exklusive Ästhetik der wenigen, man baute am Ornament der Massen und zog sich vor diesen ins Kaffeehaus zurück, man pries das neue urbane Lebensgefühl der Großstadt und beachtete nur beiläufig das dumpfe Grollen an deren Rändern.
Eine derartige Kultur der Moderne lebte freilich aus dem Geist der Opposition und des Eskapismus, verlangte nach neuer Öffentlichkeit, einer Erneuerung des Menschen wie freizeitlich genossenen Glücksmomenten. Von all dem konnte auch bemerkenswert vieles in jenen Jahren verwirklicht werden, als Maßstab für diesen Erfolg zeugt die Größe und Beliebtheit der Geister und Protagonisten, die dann, wie Karl Farkas, in die Emigration flüchten mußten oder, wie Fritz Grünbaum, in Hitlers Lagern umkamen.
Kennnengelernt hatten sie einander im Jahre 1922, als Fritz Grünbaum dem in Egon Dorns Etablissement »Simplicissimus« in der Wiener Wollzeile engagierten Blitzdichter Karl Farkas aus dem Publikum ausgefallene Wortgebilde zurief, woraufhin sich ein kabarettistischer Dialog zwischen beiden

knüpfte, der bis in die Märztage 1938 hinein zu einer fruchtbaren Zusammenarbeit im Rahmen von Doppelconférencen und Revueprogrammen führen sollte.
Sie war nicht von ihnen erfunden worden, vielmehr dürfte sie aus Budapester Kabaretts nach Wien gelangt sein, doch erreichte die Doppelconférence unter Farkas und Grünbaum im deutschsprachigen Raum erstmals ihren Höhepunkt. »Eine Doppelconférence«, definierte einmal Karl Farkas, »ist ein Dialog zwischen einem G'scheiten und einem Blöden, wobei der G'scheite dem Blöden etwas Gescheites möglichst gescheit zu erklären versucht, damit der Blöde möglichst blöde Antworten darauf zu geben imstande ist – mit dem Resultat, daß zum Schluß der Blöde zwar nicht gescheiter, aber dem Gescheiten die Sache zu blöd wird. Beide haben daher am Ende nichts zu lachen. Dafür desto mehr das Publikum.«
Die endgültige Rollenverteilung wurde nun rasch vorgenommen: »Das Wesen einer Doppelconférence besteht darin«, so erklärte damals Farkas seinem aufhorchenden Partner Grünbaum auf der Bühne, »daß man einen zweiten, also den Blöden, dazustellt. Das bist, nach allen Regeln der menschlichen Physiognomie, natürlich du!« Farkas spielte ab nun also den »Gescheiten« und Grünbaum den »Blöden«, den allerdings hintergründig:

FARKAS: Fritz, kannst du Rätsel lösen?
GRÜNBAUM: Sehr gut sogar.
FARKAS: Also, hör' zu. Du gibst es mir heute, und ich geb's dir nächste Woche zurück. Was ist das?
GRÜNBAUM: Nicht ein Schilling!

»Herr Farkas, der Kabarettier mit der nach neuestem Pariser Modell geschnittenen Nase und der flüchtigen Kaffeehaussprache«, wie ihn im Juni 1923 Anton Kuh als Kulturkritiker der *Stunde* porträtierte, steht dann erstmals im November 1922 gemeinsam mit Fritz Grünbaum auf den Brettern des Brettls im Wollzeile-Keller. »Wem heutzutage«, stellte dazu die Kritik in Aussicht, »das Lachen vergangen ist – und deren gibt's leider nicht wenige – der kann es wieder erlernen. In der 'Schule der Autoren', die sich in diesem Monat im *Simpl* unter

Dorns Führung etabliert hat. Hinter diesem Titel steckt ein gut gemachter Sketch mit deutlichen Lustspielanklängen, der Gelegenheit gibt, Fritz Grünbaum (den Autor) als ausgezeichneten Charakterdarsteller zu entdecken; in einer natürlichen, komischen Rolle entfaltet der als Conférencier geschätzte Künstler ein geradezu verblüffendes Beobachtungstalent. Als sein Partner verlegt Karl Farkas seine humorvolle Darstellungskunst, die ihn unter die ersten Wiener Bühnenkomiker einreiht, in den Rahmen des Kabaretts, in dessen Atmosphäre seine ebenso witzigen wie schlagfertigen Stegreifverse stets mit zündender Wirkung einschlagen. Übrigens bedeutet die Gegenüberstellung der beiden miteinander rivalisierenden Conférenciers einen der gelungensten Scherze, der das Publikum schließlich sogar im Lachen ermüdet. Zwei große Künstler, helle Sterne des Kabaretts!« Kurzum: Die später so berühmte Farkas-Grünbaumsche Doppelconférence war geboren.

Ab 1. Oktober 1923 traten beide mit dem »Programm der Attraktionen« im Kabarett »Hölle« auf, und der Theaterkritiker der *Stunde* befand dabei über Fritz Grünbaum: »Interessant ist der Augenblick, da er Karl Farkas conferiert. Ein Komiker folgt dem anderen – und beide behalten recht, ›Kopf an Kopf‹ erringen sie gleichzeitig den Sieg. Es erscheint wie ein ›totes Rennen‹, das zwischen zwei Favorits liegt«. Und weiter unten heißt es dann aus dem Turf- in den Fechtjargon wechselnd: »Geradezu meisterhaft pariert Karl Farkas jede Attacke Grünbaums. Gelegentlich der geistreichen Kontroversen der beiden Stegreifdichter bewahrheitet sich das Sprüchlein: ›Wenn zwei sich streiten, lacht der dritte!‹«

Die Rivalität zwischen dem »Gescheiten« und dem »Blöden« begann sich allerdings bald von der Bühne herab ins Private hinein zu verlagern. Damals äußerte Grünbaum, über seinen Partner befragt, die lapidaren Worte: »Der Farkas? Hut auf!« So war es nicht verwunderlich, daß sich das Duo öfters zerstritt, und beide sich häufig andere Partner suchten. Erst im Jänner 1926 führt sie die gemeinsame Arbeit an der Revueoperette »Journal der Liebe« und die Leitung des Wiener Stadttheaters erneut zusammen. Im Oktober 1926 wird dann ihre Revue »Wien lacht wieder« zu einem Publikumserfolg.

Während Grünbaum die Leitung des »Pavillon« übernimmt, spielt Farkas dort und in der »Hölle«, verfaßt jedoch seine vielgespielten Revuen wie »Wien gib acht«, »Alles per Radio«, »Küsse um Mitternacht« oder »Die Reise um die Halbwelt in 120 Minuten« gemeinsam mit Robert Katscher, Ludwig Hirschfeld, Bruno Hardt oder Gustav Beer. Wenig später leitet Grünbaum kurzfristig den »Simpl« und eröffnet das »Boulevard-Theater« in der Annagasse 5 mit der Revue »Hallo! Hier Grünbaum«, während Farkas sich zum kurzlebigen Direktor der neueröffneten »Hölle« emporschwingt, wo sein Motto lautet: Kabarett ist gut, Revue ist gut – wie gut muß da erst an beiden zu verdienen sein.
Damit lag er nicht völlig falsch, denn während im Frühjahr 1929 mehr als die Hälfte der Einwohner des Landes kaum 250 Schilling im Monat verdienen, berichtet die *Wiener Sonn- und Montagszeitung* am 2. April dieses Jahres davon, daß Maria Jeritza mehr als 2000 Schilling pro Auftritt an der Oper erhalte, die Reinhardt-Bühnen dem Schauspieler Curt Bois ebenso wie das Deutsche Volkstheater Alexander Moissi eine Spitzengage von weit über 10 000 Schilling monatlich bezahlt hätten, Richard Tauber 500 000 Schallplatten vom Lied »Ich küsse Ihre Hand Madame« verkauft und eine Gesamtplatteneinnahme von rund 700 000 Mark erhalten habe und auf den Operetten- und Revuebühnen Fritzi Massary, Hans Moser und Karl Farkas Stargagen kassierten.
Die verdienstvolle Ausstattungsrevue hatte seit Anfang der zwanziger Jahre bereits die Wiener Bühnen, darunter auch solchen, die sich bisher der langsam vergreisenden Silbernen Operette verschrieben hatten, erobert. Es war die Form der Revue, keine Form zu haben, keinen Aufbau, den man mit dramaturgischer Handlung umschreiben könnte. Aktueller Witz, Varieté- und Zirkuselemente, Nostalgie, Mode, Nacktheit, Girls, Glamour, Glitzer, Divas und Schlagermusik, das waren ihre Versatzstücke und Requisiten. Um 1925 hatte jedoch derlei durchsichtiger Ausstattungszauber in Wien seinen Höhepunkt bereits erreicht und wohl auch überschritten. »Multipliziert man eine nackte Frau mit fünfzig«, errechnete damals Theaterdirektor Siegfried Geyer, »so ist die Haupthandlung bereits da.« Im Dezember 1925 texten

Grünbaum und Stärk, unterstützt von Löhner-Beda, »Apollo? Nur Apollo!«, eine werbewirksame Revue für das Apollo-Theater, das unter der Direktion von Viktor Eckhardt einen neuen Erfolg gegenüber den konkurrierenden Filmtheatern dringend benötigt. »So entsteht«, urteilt der zu diesem Zeitpunkt schon etwas schenkelsatt gewordene Kritiker der *Stunde,* »jene richtige Mischung aus Posse, Operette, Schaustück, Ballette und Grand Guignol, als den Elementen der modernen Revue. Die reine Ausstattungsrevue, die auf das Wort verzichtet, ermüdet am Ende, auch der imposanteste Aufmarsch schlanker Beine wirkt leer, wenn die Szene nur von den Scheinwerfern und nicht doch ab und zu vom Geist beleuchtet wird.« Während im April 1926 in einer Umfrage der *Bühne* der Dichter Franz Blei kulturpessimistisch äußert: »Man soll alles fördern, was die völlige Vertrottelung der jetzigen Menschheit födert«, Anton Kuh die Hoffnung hegt, »daß die Schaustellung schöner, nackter Frauenkörper umwälzender und erziehlicher auf die Massen wirkt, als soundsoviele Jahrgänge ›Bettauers Wochenschrift‹« und Egon Friedell der Kunstgattung attestiert: »sie macht nicht einmal den Versuch zu so etwas wie einer Handlung und gibt offen zu, daß es nur auf die Beine ankommt. Mit diesen bin ich übrigens restlos einverstanden; aber sie sollen ohne Texte gezeigt werden«, verficht Karl Farkas in dieser Frage den Standpunkt des besorgten Professionisten, der die Mädchenbeine in künstlerische Reformpläne gekleidet wissen möchte. »Es ist mein bescheidenes Verdienst, Handlung, eine durchlaufende Idee in sie hineingebracht zu haben. Und ich will es im Verein mit Fritz Grünbaum im nächsten Jahr noch stärker tun, will eine regelrechte Operettenhandlung mit Konflikt und Finali der Revue eingliedern«. »Journal der Liebe« wird die Revue heißen, die dann im Bürgertheater zur Aufführung gelangen und die Zusammenarbeit der beiden Kabarettisten erneuern wird. Mit dem Einsetzen der Weltwirtschaftskrise 1927, die das »Gold der zwanziger Jahre« langsam entwertet, verschwinden auch bald die großen Ausstattungsrevuen von den Spielplänen, die Klein- und Kabarettrevuen sind es nun, die erneut die Tradition des Wortes und der Doppelconférence aufgreifen.

Neu zerstritten und erneut vereint schreiben und inszenieren Farkas und Grünbaum dann ab Februar 1935 ihre zahlreichen Kammerspielrevuen wie »Theater zu verkaufen«, »Passen Sie auf!« »Was kostet Wien?«, »Die gestohlene Revue« oder »Bediene dich selbst« mit dem Untertitel »Familie am laufenden Band in 15 Episoden«. Denn was unternimmt man, wenn man kein Geld, keine Girls und keine Darsteller mehr aufzutreiben vermag? Man besinnt sich wieder auf die Kleinkunst, schmälert die einst glitzernde, schenkelschwingende Ausstattungsrevue und engagiert kurz entschlossen die eigene Familie. Wo noch vor kurzem Girls, Glamour und Glitzer vorherrschten, füllen nun kostengünstige Onkel, Neffen, Nichten und exorbitante Tanten die Grünbaum Farkas-Revue. Und die Besetzung sieht dann dementsprechend aus:

Heute große Premiere in der Grünbaum-Farkas-Bühne!

Buch: Farkas und Grünbaum
In den Hauptrollen: Grünbaum und Farkas
Inszenierung: Karl Farkas
Sonstige Darsteller:
Anny Farkas, Lili Grünbaum,
Klotilde Farkas, Pepi Grünbaum,
Greta Farkas, Marlene Grünbaum,
Gusti Farkas, Alfred Grünbaum,
Robert Farkas, Heinrich Grünbaum,
Gita Farkas, Camilla Grünbaum.
Die Farkas Boys und Grünbaum-Girls.
Orchester: The Farkas-Band.
Dirigent: Fred Greenboom.

Publikum und Kritik reagierten durchaus beeindruckt auf das familiär gestaltete Bühnenerlebnis. »In den *Kammerspielen* gelangt am 15. Februar nach langer Pause wieder eine Revue, und zwar von Karl Farkas und Fritz Grünbaum, zur Erstaufführung«, schrieb etwa die *Wiener Sonn- und Montagszeitung*, um fortzusetzen: »Sieben Jahre lang waren die beiden geliebten Wiener Komikerautoren nach großen gemeinsamen Erfolgen getrennt gewesen. Jetzt, nach den sieben dürren Jahren, starten sie wieder gemeinsam als Autoren und Darsteller in der von ihnen verfaßten Revue ›Bediene dich selbst!‹ in den Kammerspielen. Diese Revue stellt etwas völlig Neuartiges auf dem Gebiet des heiteren Bühnengenres dar.« Zwei Wochen später verkünden die Wiener Blätter, die Farkas-Grünbaum-Revue sei bis Juni verlängert worden, von 50 Vorstellungen wären 48 »total ausverkauft« gewesen. Inmitten des Pressejubels findet sich aber auch ein leiser Hinweis darauf, die Autoren hätten den Titel der vorangegangenen Produktion urheberrechtlich allzu wörtlich genommen: »Die gestohlene Revue bekennt schrankenlos, daß in Dingen des Theaters zwischen mein und dein nicht so viel Unterschied ist, als gewöhnlich gemacht wird«, steht da in der *Wiener Sonn- und Montagszeitung* vom 13. Mai 1935 über die Familie der Stückeschreiber zu lesen, »Autoren stehlen und werden bestohlen, es handelt sich einzig darum, wer früher da war und besser zugreift ...«

Die Ausstattungsrevue, die einst ausgezogen war, die Wiener Theaterkrise zu beheben und die Krisentheater zu beleben, lebt noch einige Jahre, verarmt, aber geistig gestärkt, in kabarettistischer Form weiter. Für den »Simpl« schreiben und inszenieren Grünbaum und Farkas dann noch ab 1936 »Ali Farkas und die 40 Grünbäume«, »Prüfen Sie selbst«, »Wir fallen aus dem Rahmen«, »Man neckt uns am Mars«, »Robinson Farkas auf der Grünbauminsel«, »Wir sehen Gespenster« und, bis 10. März 1938, »Metro Grünbaum – Farkas' höhnende Wochenschau« in der Wollzeile. Danach nehmen die Gespenster Realität an und die Wochenschauen beginnen aus dem Rahmen zu fallen.

NACHWORT

Anlaß für dieses Buch war eine Anregung von mir, und es freut mich besonders, daß sie bei Herrn Dr. Hans Veigl auf fruchtbaren Boden gefallen ist und er dieses Buch zusammengestellt hat.

Für mich selbst gibt es zwei Gründe, auf das Erscheinen dieses Buch gedrängt zu haben. Zum einen schrieb mir der Erbe nach Kurt Goetz, Herr Dr. Schmerschneider, und bot mir den Briefwechsel zwischen Valerie von Martens, der späteren Frau des Schriftstellers Kurt Goetz, und dem jungen Karl Farkas an. Er schickte mir dazu Leseproben einiger Briefe in gereimter Form, bereits transkribiert. (Karl Farkas hatte schon in Jugendzeiten eine fast unleserliche Schrift, und diese verschlechterte sich im Verlauf seiner weiteren Lebensjahrzehnte erheblich, wie aus dem Nachlass ersichtlich ist.)

Der andere Grund war meine Begeisterung für das Lyrikbändchen: *Zurück ins Morgen*, das Karl Farkas im Eigenverlag während seines Aufenthaltes in New York, ich glaube, es muß 1945 oder 1946 gewesen sein, herausgab. Er selbst nennt es unter anderem auch *»Poetendank an USA«*.

Wie erwähnt, sandte mir Herr Dr. Schmerschneider einige Texte, und ich war neugierig, mehr davon kennenzulernen. Er lud mich in seine Kanzlei ein und zeigte mir Schachteln, voll mit Korrespondenz zwischen Valerie von Martens, seiner Tante, und Karl Farkas aus dem Jahr 1913 bis ungefähr 1922. Es sind hunderte von Feldpostkarten, Korrespondenzkarten und langen Briefen. Valerie von Martens war um einige Jahre jünger als Karl Farkas, der 1914 in den ersten Weltkrieg ziehen mußte. Sie war seine Bezugsperson in Zeiten, in denen er tagtäglich mit seinem Tod rechnen mußte. Es ist aber andererseits ein lückenloses Zeitdokument, wie ein einfacher Soldat die Kriegsereignisse kommentiert und erleben mußte. Dieser Briefwechsel ist teilweise in Versform gehalten. Dem Ende zu nimmt diese Korrespondenz einen elegischen Ton an. So spricht Farkas davon, daß er fühle, daß er, sehr poetisch ausgedrückt, »in die Seitenkulisse des Vergessens geraten könnte«.

Karl Farkas wurde am 18.10.1893 geboren und war, als er einrückte, 21 Jahre alt. Er mußte zwangsläufig seine hoffnungsvolle Jungkarriere als Schauspieler, aber auch als Schriftsteller unterbrechen. Bereits mit 16 Jahren, noch während seiner Gymnasialzeit, schrieb er sein erstes Stück und, man kann es kaum glauben, es wurde sogar zur Aufführung an einer Bühne angenommen.
Man kann sich vorstellen, daß seine Eltern, Franziska und Moriz Farkas, nicht mit seiner Berufswahl einverstanden waren. Der Vater, ein gut situierter Schuhfabrikant, der im übrigen mit Felix Salten (Dr. Felix Salzmann) in direkter Linie verwandt war, hatte eine Aversion gegen Schauspieler und die Literatur im Besonderen. Er kannte die finanziellen Nöte seines Cousins Felix Salten nur zu gut. Karl Farkas hatte neben einem Bruder noch zwei Schwestern, und als auch der ältere Bruder Schauspieler werden wollte, brach die Welt für Moriz Farkas, den Vater, zusammen. Keiner der männlichen Erben wollte die gutgehende Fabrik übernehmen. Die zusätzliche Tragik der Familie ergab sich einige Jahre später durch den Anschluß Österreichs an Nazideutschland. Als Farkas nach dem zweiten Weltkrieg aus den USA nach Österreich zurückkehrte, lebte von seiner Verwandtschaft niemand mehr, außer eine entfernten Cousine. Sie wurden alle Opfer des Naziterrors und kamen in diversen Konzentrationslagern ums Leben.
Zurück zum bereits erwähnten Briefwechsel.
Liest man diesen chronologisch durch, immerhin erstreckt sich die Korrespondenz auf einen Zeitraum von etwa 9 Jahren, so muß man davon ausgehen, daß Valerie von Martens Karl Farkas' erste große Liebe war. Auszüge aus diesem Briefwechsel, vor allem jener Schriftstücke, die in gereimter Form existieren, finden Sie vorstehend. Die ganze Korrespondenz würde ein eigenes Buch füllen.
Die Begeisterung für das Theater, für die Sprache und die Schauspielkunst brachte beide zusammen. In der in diesem Buch nicht veröffentlichten Korrespondenz wird auch über ein sehr breites Spektrum der Theaterszenerie der 20er und 30er Jahre reflektiert.
Leider sind die Briefe Valerie von Martens, die er immer wieder zitiert, nicht erhalten geblieben, sondern verlorengegan-

gen. Es kann durchaus sein, daß seine Ehefrau Anny Hàn, die er am 17. Juli 1924 ehelichte, diese vernichtet hat. So sind die vorhandenen die einzige Quelle unserer Betrachtungsweise. Die Briefe zeugen von außerordentlicher Sensibilität Karl Farkas'.
Der Herausgeber dieses Buches, Dr. Hans Veigl, hat in Absprache mit mir behutsam und selektiv eine Zusammenstellung dieser Briefe getroffen und ihr auch nicht zu viel Gewicht zum vorliegenden Gesamttext eingeräumt. Dieses Buch ist darauf abgestimmt, Karl Farkas in anderen Bereichen mit seinem lyrischen Talent zur Sprache kommen zu lassen.
Das schmale Bändchen *Zurück ins Morgen* zeugt vom gereiften und lebenserfahrenen Karl Farkas. Er hatte seinen Humor behalten, obwohl er von den Nazis durch ganz Europa gejagt wurde und schlußendlich mittel- und heimatlos in New York ankam. Er war ähnlich wie sein Lebensfreund und Kabarettkollege Fritz Grünbaum den Nazis ein Dorn im Auge, weil er sie in den Jahren 1933 bis 1938 in Österreich in vielen Programmen verhöhnte und so zu einem entscheidenden politischen Gegner wurde. Obwohl beide sich fast zeitgleich auf die Flucht begaben, fiel Fritz Grünbaum, wie bekannt ist, den Nazis in die Hände und ging elendiglich im KZ Dachau im Jahre 1941 zugrunde.
Als Kabarettist erkannte Karl Farkas die Schwachstellen des »american way of life« und persiflierte ihn gekonnt. Er hatte einen kleinen Vorteil in Amerika, da er sich in seiner Handelsakademiezeit für die Fremdsprachen Englisch und Französisch entschied, ohne zu wissen, wie nützlich sie ihm später werden sollten. So konnte er sich sofort sprachlich verständigen. In seiner New Yorker Zeit war er künstlerisch tätig, arbeitete viel mit Robert Stolz und anderen ebenfalls vertriebenen Komponisten zusammen und hatte beachtete, wenn auch finanziell bescheidene künstlerische Erfolge.
Mich selbst verband mit Karl Farkas nicht nur die Begeisterung zur sogenannten Kleinkunst, sondern auch eine Reihe von persönlichen Begegnungen. Er selbst meint, als Definition der Kleinkunst: »Das Kabarett soll seine Aufgabe in politischer Hinsicht, in der Möglichkeit, schlechte Menschen gut zu machen, nicht überschätzen. Ich will Leute lachen machen,

wenn sie später nachdenklich werden, gut. Moralische Anstalt – bitte nein.«

Peter Altenberg äußerte sich 1908 wie folgt: »Kabarett-Kleinkunsttheater – die Kunst, im Kleineren zu wirken, wie sonst die ganz großen Dinge im Theater.«

Ohne daß ich annehmen konnte, später einmal Karl Farkas' Verleger zu sein, lernte ich ihn auf sehr skurrile Art und Weise kennen. Ungefähr zehn Jahre vor seinem Tod statierte ich als Student in der Casanova-Revue-Bar im 1. Wiener Bezirk, in der Karl Farkas eine seiner berühmten »Bilanz«-Sendungen durch den ORF aufzeichnen ließ. Es war ein eingekauftes Statistenpublikum, und wenn es Karl Farkas wollte, erschien links von der Bühne eine Leuchtschrift »Applaus« oder »Heftiger Applaus«.

Ich saß in festlicher Kleidung an einem der mittleren Tische, zusammen mit einer mir unbekannten schönen Statistin und vergaß durch meine Bewunderung für sie mehrmals, auf das besagte Klatschzeichen zu reagieren. Karl Farkas, der scheinbar seine Augen überall hatte, stürzte in einer Drehpause auf mich zu und schrie mich mit folgenden Worten an: »Sie werden für das Klatschen und nicht für das Glotzen bezahlt.« Das machte auf mich einen so starken Eindruck, daß ich brav klatschte, aber keine Gelegenheit mehr fand, mich nach Telefonnummer oder Adresse meines schönen Vis-à-vis zu erkundigen.

Als sein Verleger, der ich dann etliche Jahre später war, traf ich ihn wieder. Dieses Mal mußte ich ihm eine Tantiemenabrechnung übergeben. Dazu bestellte er mich in das meinem Büro nahe gelegene Ronacher, wo er wieder eine »Bilanz« probte und für den ORF aufzeichnete. Die Abrechnung bezog sich auf eine seiner erfolgreichsten Bearbeitungen, nämlich des Stückes *»Bei Kerzenlicht«* von Siegfried Geyer und Rudolf Oesterreicher, Musik Robert Katscher. Daran hatte er, so weit ich mich erinnern kann, 20 % Anteil. Er ging mit mir in seine Garderobe und sah sich die Verrechnungsunterlagen an. Plötzlich und unerwartet für mich begann er hemmungslos zu schluchzen. Ich dachte, er hätte einen Nervenzusammenbruch, aber es machte mich stutzig, daß er unentwegt etwas vor sich hin murmelte. Nachdem er mich aus dem Augenwin-

kel beobachtet hatte und meine Verwirrung bemerkte, stand er auf, warf sich auf das ebenfalls im Raum stehende Kanapee und verstärkte seinen Gefühlsausbruch.
Endlich hörte ich, wie er sagte: »Legen Sie etwas d'rauf«. Damit meinte er, ich sollte den Tantiemenbetrag erhöhen. Erleichtert teilte ich ihm mit, ich hätte dafür keine Befugnis. Daraufhin stand er ganz normal auf und meinte lakonisch: »Dann schreib ich halt keine Theaterstücke mehr«. Ein Ausspruch, der nicht ganz passend war, weil er, wie ausgeführt, »nur Bearbeiter« war. Er klopfte mir auf die Schulter und lud mich ein, im Zuschauerraum Platz zu nehmen, versehen mit dem Nachsatz: »Sie können noch etwas lernen«. Das hatte ich durch die überzeugende Aktion von Karl Farkas so und so, dennoch befolgte ich seinen Rat.
Es wurde der Sketch *»Die rote Brieftasche«* gespielt. In der Folge, und zwar einige Jahre nach seinem Tod 1971, war dieser Sketch Gegenstand eines langwierigen Plagiatprozesses. Georg Markus hat diese Episode in seinem Buch *»Das große Karl Farkas Buch«*, erschienen im Amalthea-Verlag, auf Seite 235 festgehalten. Da diese »Bilanz«-Sendung die letzte war, die er vor seinem Ableben aufnahm, war es wohl indirekt ein Vermächtnis von Karl Farkas an mich, für ihn und seine Rechte als sein Verleger einzutreten. Diesem Auftrag kam und komme ich heute noch gerne nach.
Karl Farkas hatte vielen anderen Kabarettisten seiner Zeit eines voraus. Er beherrschte die ungarische Sprache. So nahm es nicht wunder, daß er aus dem Vollen schöpfen konnte. Laut Aussage des ebenfalls bereits verstorbenen Kleinkunstverlegers Paul Gordon meinte dieser, daß das Kabarett seinen Ursprung in Budapest genommen hätte und man fast alle Sketches auf 15 Grundmuster reduzieren könne. Da alle 15 Grundlagen ungarischer Provenienz waren, muß auch das Kabarett seinen Ursprung in Ungarn haben. Das war zumindest die überzeugende Interpretation von Paul Gordon.
Das nunmehr vorliegende Buch *»Karl Farkas – ›Hut auf!‹«* zeugt von seiner enormen Vielseitigkeit und seiner Schnelldichtkunst. Seine Reimkunst, die als anerkannter Blitzdichter in jungen Jahren geschult wurde, ist Vorlage für viele Einzellieder, die heute noch gesungen und gespielt werden, z. B. das

Ribisel-Lied oder das Lied mit Zeitbezug »Ich bin eine vergessene Pille«. Vieles ließe sich noch zu Karl Farkas sagen und schreiben, aber ich gehe davon aus, daß es sicherlich nicht das letzte Karl Farkas-Buch sein wird.

Prof. Ulrich N. Schulenburg

Quellennachweise und Anmerkungen

Kein Vorwort

Aus: Also sprach Farkas. Heiteres von Karl Farkas. Halm und Goldmann Verlag Wien o. J. (1930). Rechte: Thomas Sessler Verlag, Wien-München.
Untertitel vom Herausgeber.

Der Milden-Burgherr Hermann Bahr – Der Literat Hermann Bahr (1863-1934) wird im September 1918 als Erster eines Dreier-Kollegiums zur Leitung des Burgtheaters bestellt, danach bis März 1919 zum Ersten Dramaturgen der Bühne ernannt. Seit 1909 mit der Sopranistin und berühmten Wagner- und Strauss-Interpretin Anna Mildenburg verheiratet.

Oder ein halbes Göltze-Paar Die Zwillingslibrettisten Emil und Arnold Golz traten mitunter auch im Theater auf, so etwa im November 1926 in der »Villa Adelheid« auf der Renaissancebühne.

Klaus Mann – Schriftsteller (1906–1949), Sohn von Thomas Mann. 1929 war von ihm »Abenteuer des Brautpaars« erschienen.

Dekobra – Maurice Dekobra, veröffentlichte Romane wie »Prinzessin Maud«, der auch 1926 in Fortsetzungen in der Zeitschrift *Die Bühne* erschien.

Harry Piel – Deutscher Schauspieler und Produzent (1892–1963), der vor allem in Sensations- und Abenteuerfilmen auftrat, so etwa in *Rivalen* (1923), *Menschen und Masken* (1924), *Schneller als der Tod* (1925), *Der schwarze Pierrot* (1926), *Sein bester Freund* (1929).

Walter Riehl – Rechtsanwalt und österreichischer NSDAP-Führer in den zwanziger Jahren; verteidigte u. a. 1925 Otto Rothstock, den Mörder Hugo Bettauers. Im Sommer 1925 hatte die Rechtsanwaltskammer eine Disziplinaranzeige gegen den Juristen eingeleitet, da dessen »Hakenkreuz auf dem Kanzleischild geeignet sei, das Ansehen und die Würde des Standes in den Augen des Publikums herabzusetzen«. Andere Sorgen wieder plagten zur gleichen Zeit die ähnlich gerichtete Wiener Deutschnationale Partei, von denen ebenfalls einige ihrer Landesverbände, so Kärnten, das Hakenkreuz als Abzeichen führten. Unter dem Titel »Neues aus Walhall« vermeldete über sie die *Wiener*

Sonn- und Montagszeitung am 3. August 1925: »Auf besonderen Wunsch der Wiener Deutschnationalen Partei (Obmann: Dr. Wotawa, Vorstand: Tomaschek, Dr. Odehnal, Novotny) hat Gott Wotan um Namensänderung in Wotava angesucht.«

Würstel-Biel – damals beliebtes Volksrestaurant, eigentlich eine jüdische Selchwarenhandlung mit angeschlossenem Speisesaal, mit Niederlassungen im ersten Bezirk, Schottenring 14, und hinter der Oper, Führichgasse 3. Neben den Speiseangeboten waren es laut Friedrich Torbergs »Tante Jolesch« vor allem die vom Besitzer selbstverfaßten Plakate, die an den Wänden des Lokals hingen und eine gewisse Popularität errangen, wie: »Die P. T. Gäste werden ersucht, das Essen nicht auf den Boden zu werfen« oder das unmißverständliche »Jeden Sonntag den ganzen Tag geschlossen«. Daneben las man die gereimten Sprüche:

Willst du essen gut und viel,
Mußt du gehn zum Würstel-Biel.
Schon Hamlet fragte einst, so geht die Sage:
To Biel or not zo Biel, das ist die Frage.

Gemeinsam Hitler – Armin Berg – Ein Witz mit später tieferer Bedeutung: Der Kabarettist Armin Berg (1883–1956) wird ebenso wie Karl Farkas von ersterem ins Exil vertrieben werden. In New York werden Berg und Farkas im Emigrantencafé »Old Europe« dann mehrmals gemeinsam auftreten.

Rabindranath – gemeint der damals vielgelesene indische Dichter und Philosoph Rabindranath Tagore (1861–1941).

Goldfüllfederkönig – Ernst Winkler, der sich als Papierwarenhändler »Goldfüllfederkönig« nannte, war ein Meister der Mystifikation mit den Zügen eines modernen Don Quichotte. Mehrfach war er solcherart nicht nur in die Kriminalberichterstattung sondern auch in die Literaturgeschichte eingegangen. Alfred Polgar und Egon Friedell glossierten ihn, und sein Name zog sich durch Conférencen, Couplets und Extempores auf den Bühnen. Sein Bild erschien in den Tageszeitungen, und mitunter wurde er auch in der »Fackel« von Karl Kraus erwähnt. Im Jahre 1927, nach den Ausschreitungen rund um den brennenden Justizpalast, ließ Kraus an allen Litfaßsäulen Wiens ein Plakat anbringen, auf dem er den Rücktritt von Polizeipräsident Schober als Schuldtragenden forderte. Zwei Tage später konnte man an allen Anschlagflächen der Stadt ein Plakat in gleicher Größe und Schriftart sehen mit dem Inhalt: »An den Polizeipräsidenten von Wien Johann Schober. Ich fordere Sie auf, nicht abzutreten. Goldfüllfederkönig E. W.« Diesmal hatte Ernst Winkler nicht nur den Werbeerfolg, sondern ausnahmsweise auch die Polizei auf seiner Seite. (Vgl. Fritz Feldner, Wiener Originale und andere nicht ganz Normale. Wien 1962.)

Herr X, der Bruckner Ferdinand – Am 15. April 1929 wirft die *Wiener Sonn- und Montagszeitung* die Frage auf »Wer ist Ferdinand Bruckner?« Der Autor des Dramas »Verbrecher«, das eben im Theater in der Josefstadt anläuft, hatte sich werbewirksam hinter diesem Pseudonym versteckt. In Verdacht der Täterschaft gerät dabei »Frau Dr. Jenny Pollak« ebenso wie ein »bekannter Wiener Nervenarzt«, während ein »Herr Tagger in Vertretung des Dichters« bei den Proben anwesend ist. (Vgl. auch das Gedicht »Endlich ...« von Karl Farkas in diesem Band).

Herrn Sternheims Stern ins Heim ... – gemeint ist der deutsche Komödiendichter Carl Sternheim (1878–1942).

Al Jolson – Revuestar am Broadway und Filmschauspieler, der mit dem Siegeszug des US-Tonfilms auch in Europa bekannt wurde, so etwa als Hauptdarsteller in »The Jazz Singer« (1928). Wenig später spielt er einen Sänger in »The Singing Fool«, dessen Sohn während seines Auftritts stirbt.

Gereimte Liebesbriefe

Titel vom Hrsg.
Rechte: Kurt Goetz-Verlaganstalt Schaan.
Geschrieben an Fräulein Valerie von Pajér-Mayersberg. Die Schauspielerin trat unter dem Namen Valerie von Martens am Burgtheater, am Theater in der Josefstadt und 1922 auch im Kabarett »Hölle« auf, 1923 heiratete sie den Bühnenschriftsteller Kurt Goetz.

Mein Einakter – Das Theaterstück *Mein Mann kommt. Ein Akt von Karl Farkas*, war am 19. 4. 1914 auf der Residenzbühne aufgeführt worden. Sein erster Einakter *Wenn Frauen wollen* war bereits 1909 im Intimen Theater gespielt worden.

Man sagte mir, ich müsse fort – Farkas wurde nach der Kriegserklärung als Kadett-Aspirant zum 4. Honvédinfanterieregiment eingezogen.

Hôtel Pupp – Der Baedeker von 1910 führt es als Grand-Hotel am Goethe-Weg gegenüber dem Kaiserbad mit angeschlossenem Restaurant und Café-Salon samt mehrmals wöchentlichen Gartenkonzerten an.

Hochlöbliche Redaktion!

DIE BÜHNE, 3. Jg., Nr. 66, 11. Februar 1926

Mörder Kundegraber – Felix Kundegraber, Sohn eines k. u. k. Oberst, hatte bereits am 29. Juni 1913 die Prostituierte Mitzi Schmidt nach einem Streit in einem damals stundenweise zu mietenden Zimmer des Hotels »Zum römischen Kaiser« in der Wiener Annagasse ermordet. Nach Aufdeckung des Verbrechens zwölf Jahre später wurde der Täter von Frankreich vorerst nicht ausgeliefert, da er sich, wie es in den Zeitungen hieß, »untadeliges Verhalten in der Fremdenlegion« erworben hatte.

Juwelier Moransky – Der Juwelenhändler Moransky saß seit 26. Jänner 1926 in Haft und wurde laut *Wiener Sonn- und Montagszeitung* verdächtigt, »in Prag, Brünn, Brüssel und Zürich Juwelen im Wert von vielen Milliarden gestohlen zu haben, die er in seinem Wiener Geschäfte, Praterstraße 12, zum Verkaufe ausstellte«.

Gunnar Tolnaes – Der norwegische Stummfilmstar, der vor allem durch den Streifen »Die Lieblingsfrau des Maharadscha« bekannt wurde, sprach Ende Jänner im Großen Musikvereinssaal über »Die Welt im Film« vor hauptsächlich weiblichem Publikum und gab anschließend für die Zeitschrift *Die Bühne* eine Autogrammstunde.

Asta Nielsen – Dänische Schauspielerin (1881–1972), die fast alle ihre Filme in Deutschland drehte. 1925 spielte sie unter der Regie von G.W. Papst in der Bettauer-Romanverfilmung »Die freudlose Gasse« mit. Im Jänner 1926 gastierte sie im Raimund-Theater und am 1. 2. 1926 finden sich in der *Wiener Sonn- und Montagszeitung* unter einer Karikatur von Carl Josef die Worte: »Pass' auf, um die Nielsen werden sich noch die Theaterdirektoren reißen!« »Ja, ja. Per aspera ad Asta.«

Direktor Beer – Dr. Rudolf Beer, von 1924 bis 1932 Direktor des Deutschen Volkstheaters, setzte sich für moderne Dramatiker und neue Inszenierungsformen ein.

Ball der Bösen Buben – Der von Farkas erwähnte Ball fand Ende Jänner in den Wiener Sophiensälen statt und war ein alljährliches Ereignis, das von 1921 bis 1925 durch die Verteilung der von Egon Friedell und Alfred Polgar redigierten Faschingszeitungen *Böses Buben-Journal, Böse Buben-Presse, Böse Buben-Reichspost, Die böse Buben-Stunde* und *Die Auf-*

richtige Zeitung der bösen Buben noch gesteigert wurde. Über den Ball im Jänner 1926 schrieb Artur Steiner dann in der *Wiener Sonn- und Montagszeitung*: »Endlos war der Reigen der Genüsse, als die sind: Bubikopfkonkurrenz und Böse Buben-Zeitung. Rosy *Werginz* und Hans *Moser* am Dirigentenpult u. a. m. Vaterländische Dichter, wie Beda, Grünbaum und Erwin Engel, hatten kernige Sinnsprüche beigesteuert, die auf großen Schiefertafeln an den reichgeschmückten Wänden prangten. Hier eine Probe:

D e n Juden man mit Scheu begafft,
Der sich den Titel »Goi« beschafft.

Revue »Journal der Liebe« – Von Karl Farkas und Fritz Grünbaum, Premiere am 29. Jänner 1926 im Bürgertheater. Mit Karl Farkas, Raul und Rita Georg, Paula Brosig, Mimi Gyenes, Franz Glawatsch u.a.

Grünbaum – Der Kabarettist Fritz Grünbaum (1880–1941) begann im »Hölle«-Lokal seine Laufbahn, wurde 1907 nach Berlin engagiert und trat ab 1914 in Wien wieder in Egon Dorns »Biercabaret Simplicissimus« vor das Publikum. 1921 lernte er hier den Blitzdichter Karl Farkas kennen, mit dem er die Wiener Doppelconférence kreierte und ab 1926 zahlreiche Revuen schrieb und produzierte. Grünbaum und Farkas erwiesen sich hierin als äußerst produktive Autoren: allein im Jahre 1935 wurden von beiden in den Kammerspielen drei Stücke aufgeführt, 1936 kam am Bürgertheater »Was kostet Wien?« heraus, ein Jahr später wurden im »Simpl« die Kabarettrevuen »Prüfen Sie selbst«, »Wir sehen Gespenster« und »Robinson Farkas auf der Grünbauminsel« gespielt, daneben veröffentlichten die beiden Kabarettisten zeitkritische Doppelconférencen in der Zeitung *Der Morgen*. Vom 29. Februar bis 10. März 1938 lief »Metro Grünbaum – Farkas tönende Wochenschau«, die letzte Revue von und mit Fritz Grünbaum im Keller des »Simpls« in der Wollzeile. Noch am 10. März witzelte er auf der dunkel gehaltenen Bühne: »Ich sehe nichts, absolut gar nichts, da muß' ich mich in die nationalsozialistische Kultur verirrt haben.« Am folgenden Tag durften Farkas und Grünbaum das Etablissement in der Wollzeile nicht mehr betreten. Wenige Stunden später marschierten Wehrmachtstruppen in Österreich ein, die prognostizierte Nacht mit ihren Gespenstern war angebrochen. Während Farkas am 11. März die Flucht in die Tschechoslowakei gelingt und er über Paris seinen Weg ins amerikanische Exil antritt, wird Grünbaum verhaftet und ins Konzentrationslager Dachau überstellt, wo er am 14. Jänner 1941 an Entkräftung stirbt.

Neumann – Egon Neumann schrieb die Musik zur Revue »Journal der Liebe«.

Fronz, Lischka – Direktoren des Wiener Bürgertheaters.

DIE BÜHNE, Nr. 67, 18. Februar 1926

Herterich – Franz Herterich (1877–1966), Schauspieler und von 1923 bis 1930 Direktor des Wiener Burgtheaters, wo er anschließend als Regisseur wirkte. Veranstaltete 1926 die 150-Jahr-Feier des Burgtheaters.

Hans Müllers »Veronika« – wurde im Februar 1926 im Deutschen Volkstheater aufgeführt, wobei der Dichter, vermutlich im Zeichen der akuten Theaterkrise, die Rolle des Staatsanwaltes, Theaterdirektor Rudolf Beer die des Gerichtspräsidenten übernahm und Leopoldine Konstantin die Veronika spielte. Weitere Darsteller: Hans Moser, Anton Edthofer und Oskar Sima.
»Dem Buche des Schauspieles ›Veronika‹ sind zwei Motti vorangesetzt«, bemerkte der Dramatiker Hans Müller in der *Bühne* am 4. Februar 1926, »zwei weit voneinander geborene, zwischen denen ›die Welt als Widerspruch und Vorstellung‹ sich aufzutun scheint: der anklagende Schrei des Hiob: ›Warum bin ich nicht mitgezählt?!‹ und Goethes bejahendes, gefaßtes Alterswort: ›Alles geben die Götter, die unendlichen, ihren Lieblingen ganz – alle Freuden, die unendlichen, alle Schmerzen, die unendlichen, ganz.‹ Zwischen diesen beiden Angeln: ein einsamstes Elend und endliche Geborgenheit, habe ich versucht, den Weg eines einfachen Menschengeschöpfes auszuspannen.« Woraufhin am 22. 2. 1926 Fritz Löhner-Beda in der *Wiener Sonn- und Montagszeitung* reimte:

Er sagte in der »Bühne« diskret
Und ohne Schammesröte,
Dass er so zwischen Hiob steht
Und Johann Wolfgang Goethe –
D'rauf reichte Schwester Veronika
Mir Soda bicarbonica.

Tautenhayn – Ernst Tautenhayn trat seit Jänner 1926 in Viktor Leons und Heinz Reicherts Operette »Donna Gloria« im Carl-Theater auf.

Mussolini – Dieser hatte mehrmals aggressive Absichten gegenüber Österreich verkündet und im Jänner mit einer Brandrede Richtung Berlin gewettert, da die Reichsregierung die Falschmeldung des rechtsgerichteten Büros der Telegraphenunion nicht dementiert hatte,

er, Mussolini, beabsichtige in Südtirol das Walther von der Vogelweide-Denkmal ebenso wie den Weihnachtsbaum abzuschaffen. Deutlich Sympathien für den faschistischen Duce bekundete hingegen der *Völkische Beobachter*, der in diesem Zusammenhang erklärte, in Südtirol lebten nur 250 000 Deutsche, und es lohne sich nicht, sich deshalb die Gunst Mussolinis zu verscherzen.
Im Februar kommt es zu einer Entspannung in der Südtirolfrage zwischen Rom und Wien, was wenige Tage später in Innsbruck zu großer Erregung führt, da dort »die Stellungnahme der Wiener Regierung zu der bekannten Rede Mussolinis für die Tiroler unbegreiflich sei«.

DIE BÜHNE, Nr. 68, 25. Februar 1926

Wippchen – Anspielung auf Julius Stettenheims Berliner Journalistenfigur.

»Abend« – Die Zeitung und ihr ehemaliger Chefredakteur Alexander Weisz waren seit Anfang Februar in eine Korruptionsaffäre verwickelt.

Schultze, Mohapel – Schultze, vermutlich Karl Schulz, abtrünniger NSDAP-Führer. Joesef Mohapl, Mitglied des katholischen Turnerbundes, war am 1. August 1925 während einer Demonstration von einem Zuhälter ermordet worden.

Helen Wills, Susanne Lenglen – Miss Helen Wills war 1926 die amerikanische Rivalin der Tennisweltmeisterin Suzanne Lenglen. Letztere gewann dann erneut und verdienstvoll die Weltmeisterschaft. »Der Weltmeisterin Lenglens Weste nur bei Franz Berger, Wien 1. Bezirk«, stand danach in den Zeitungen zu lesen, und sie erhielt im August einen Kontrakt zu einer viermonatigen USA-Tournee für eine Million echter Franc (s. u.).

Franc-Tireurs – Die bekannten politischen Persönlichkeiten Ungarns, die ab Jänner 1926 in den Skandal mit internationalen Auswirkungen verwickelt waren, dürften weniger Wechselaussteller denn Fälscher in großem Stile mit Deckung der Budapester Regierung und der antisemitischen »Rassenschützer«-Bewegung gewesen sein. Nachdem Prinz Windischgrätz, Graf Andrassy, ein General, ein Feldbischof und schließlich der ungarische Polizeichef verhaftet worden waren, stand der Aufklärung des Falles nichts mehr im Wege.

Wedekindereien – Anspielung auf den Vortragsabend von Franz Blei und Pamela Wedekind, der Tochter Frank Wedekinds, in Grünbaums

»Pavillon« Anfang März 1926. Mögliche Reminiszenz auch auf die am 4. 2. 1925 erfolgte Aufführung von Frank Wedekinds »Franziska«, mit Tilla Durieux, Helene Lauterböck und Paula Wessely im Deutschen Volkstheater, wobei Jugendlichen der Zutritt zur Vorstellung verboten war. Ab 9. August 1926 wird dann im Modernen Theater »Die Büchse der Pandora« gespielt und eine Wedekind-Revue unter der Leitung von Heinz Martin veranstaltet.

DIE BÜHNE, Nr. 69, 4. März 1926

Herterich bleibt – »Herterich bleibt«, kommentierte am 15. März der Theaterkritiker Liebstoeckl in der *Wiener Sonn- und Montagszeitung*, »aber das Burgtheater geht flöten!« Vorangegangen war dem ein heftiger Streit der Burgschauspieler mit der Staatstheaterverwaltung. Am Montag, den 22. Februar, gelang eine Einigung mit Unterrichtsminister *Schneider* in Fragen der Gagen, der Spielzeitverlängerung und der Pensionsverordnung, nachdem zuvor Burgtheaterdirektor Herterich mit seiner Demission gedroht hatte. Daraufhin fällt nach Ansicht der Zeitungen, Minister Schneider seinem Sektionschef *Prüger*, vom Ministerrat zum Präsidenten der Bundestheaterverwaltung ernannt, »in den Rücken« und möchte mit diesem theatralischen Coup selbst die Leitung der Staatsbühnen übernehmen, womit nach Ansicht der *Wiener Sonn- und Montagszeitung* »wieder einmal ein typisch österreichischer Fall vorliegt«, der nämlich, daß die hohe Bürokratie hierzulande für Dramatik selbst bei den Bundestheatern sorgt.

Windischgrätz – s. Franc-Tireurs.

Ramek, Ahrer – Am 15. Jänner hatte Bundeskanzler Ramek sein Kabinett umgebildet und den umstrittenen Finanzminister Ahrer abgelöst. Ihm warf man seine Verbindungen zum militanten steirischen Landeshauptmann Rintelen ebenso vor wie zu dem Inflationsgewinner und Bankenbesitzer Siegmund Bosel, der gemeinsam mit Camillo Castiglioni und Emmerich Bekessy Eigentümer der Zeitungen *Tag*, *Stunde* und *Morgen* war. Während Bekessy sich in seinen Blättern als Enthüller darstellte, leistete er seinen Geldgebern bei ihren undurchsichtigen Börsenmanövern durch falsche Meldungen treue Dienste. Karl Kraus beginnt 1924 seine Kampagne gegen Bekessy, die schließlich 1926 zur Flucht des Zeitungsherausgebers aus Österreich führt (vgl. Schick, Paul, Karl Kraus. Reinbek b. Hamburg 1965). Hinter Max Reinhardts Wiener Theaterprojekten wieder stand von Anfang an Camillo Castiglioni. Der Zusammenbruch seiner Depositenbank 1924, die vor allem auf die laufende Entwertung des Franc gesetzt hatte, bewirkte, daß sich Castiglioni ins Ausland absetzte und damit auch das Theater in der Josefstadt in eine Krise geriet.

DIE BÜHNE, Nr. 70, 11. März 1926

Kindermann – Der Theaterwissenschaftler Heinz Kindermann verließ in jenen Tagen seine Dramaturgenstelle am Burgtheater.

Verschalkung – Der Dirigent Franz Schalk (1863-1931) übernahm im November 1918 gemeinsam mit Richard Strauss die Direktion der Wiener Oper. Nach dem streitumtosten Abgang des Komponisten leitete er die Oper bis August 1929 allein weiter und führte sie zu einem Gipfel künstlerischer Leistungen, auch wenn die Strauss-Gemeinde dies naturgemäß anders sah.

Felix Langers »Banknoten« – Von diesem Dramatiker läßt sich literaturgeschichtlich unsererseits lediglich festhalten, daß er zur Zeit der Stückvollendung siebenunddreißig Jahre zählte und als Berliner *Tageblatt*-Schreiber 1930 von Karl Kraus in der *Fackel*, Nr. 827-833 durchaus abschätzig erwähnt wurde. Feststeht, daß seine »Banknoten« in Wien ein Mißerfolg wurden, wie auch Direktor Ludwig Körner vom Modernen Theater der *Bühne* gegenüber eingestand: »Haben Sie, Herr Direktor, Felix Langer, dem Autor der ›Banknoten‹, noch etwas zu erwidern?« »Nichts! Daß er mir die Schuld an dem Durchfall zuschreibt, ist selbstverständlich; eine Ausrede muß ja der Dichter haben« (*Die Bühne, Nr. 71, 18. 3. 1926*).

Operettungs-Aktion – bezieht sich auf Direktor Pregers (s. d.) vergeblichen Versuch, das Ronacher durch Operetteninszenierungen neu zu beleben.

Miksa Preger – Direktor des Etablissements Ronacher vom Dezember 1925 an, das er bis April 1926 an den Rand des Konkurses führte. Das Haus war 1888 anstelle des abgebrannten Stadttheaters von Ferdinand Fellner dem Jüngeren (dessen Vater den Vorgängerbau errichtet hatte) zu einem Varieté samt angeschlossenem Hotel umgestaltet worden und stellte sich in den zwanziger Jahren als überdimensioniert heraus. Preger war es dann, der das Ronacher in eine Operettenbühne verwandelte und dort am 23. Dezember 1925 Jean Gilberts »Das Spiel um die Liebe« und wenig später »Madame Pompadour« von Leo Fall zur Aufführung brachte. Auch die Uraufführung einer vom früheren Direktor, Oscar Straus, verfaßten Operette *Die Teresina* mit Louise Kartousch, Jakob Feldhammer (Napoleon) und Lya Percival (Fürstin

Borghese) am 5. März 1926 fällt in die Direktionszeit Pregers (vgl. *Die Bühne*, Nr. 69, 4. 3. 1926 sowie Seelig, Lutz Eberhardt, Ronacher. Die Geschichte eines Hauses. Wien-Köln-Graz 1986).

Borg-hese – Wortspiel mit der Rolle der Fürstin Borghese in der Revue »Teresina«.

Verbreitern – Anspielung auf den Wiener Stadtrat Hugo Breitner und dessen Lustbarkeitssteuer. Am 11. Mai 1926 erfolgte übrigens im Mittleren Konzerthaussaal ein freier Vortrag Anton Kuhs über »Bühne – Breitner – Nachtlokal«.

DIE BÜHNE, Nr. 71, 18. März 1926

Wiener Messe – Die Wiener Frühjahrsmesse wurde am 7. 3. 1926 im Festsaal der Neuen Burg unter Anwesenheit zahlreicher Ehrengäste eröffnet.

Horthydoxen – gemeint die durch die ungarische Franc-Fälschungsaffaire bekanntgewordene antisemitische »Rassenschützer«-Bewegung um Gömbös u.a.

Zirkusfest – Im Zirkus Hagenbeck fand am 5. März ein großes Fest statt, an dem zahlreiche bekannte Bühnenkünstler wie Georg Reimers, Sigi Hofer oder Else Wohlgemuth teilnahmen.

Butterfly-Diva – Die japanische Opernsängerin Telko Kava sang am 2. und 5. Mai in der Volksoper die Butterfly.

Kurz – Die Sopranistin Selma Kurz (1974–1933) trat von 1899 bis 1927 an der Wiener Oper, ab 1922 bei den Salzburger Festspielen auf und war mit dem bekannten Gynäkologen Josef v. Halban verheiratet. Am 18. April 1926 gab sie im Buchladen der *Bühne* am Wiener Kohlmarkt eine Autogrammstunde.

Ungarnfranc – Briand – Anspielung auf die durch die Francfälschung eingeleitete Verstimmung zwischen Paris und Budapest. Im März hatte der Franc zudem seinen bisherigen Tiefststand erreicht, doch gelang es der Regierung Briand trotz Mißtrauensantrag weiterhin im Amt zu bleiben.

Benesch – Anfang März trifft der tschechoslowakische Außenminister Eduard Benesch in Wien ein, was unter dem Eindruck der ungarischen

Franc-Fälschungsaffäre und des von Mussolini neuentfachten Südtirolproblems zu allerlei politischen Spekulationen Anlaß gibt.

DIE BÜHNE, Nr. 72, 25. März 1926

Briand und der britische Außenminister *Chamberlain* waren in *Genf* zu Gesprächen im Rahmen der Völkerbundtagung über eine Aufnahme Deutschlands zusammengekommen. Wenig später reiste auch Bundeskanzler Ramek nach Genf.

Ravag – Bert Silving, Hans Nüchtern – Silving leitete seit Gründung der »Österreichischen Radio-Verkehrs-AG« (RAVAG) am 1. Oktober 1924 die Rundfunk-Künstlerkapelle; Nüchtern war Leiter des Literaturprogramms und der Hörspielabteilung.

L'Aigon – Das Stück von Edmond Rostand über den Herzog von Reichstadt sollte im März am Burgtheater aufgeführt werden, wurde jedoch von der Zensur, kurz vor deren Abschaffung, aus »Pietätsgründen« verboten. Hintersinnig steht daraufhin im Juni »Don Carlos« auf dem Spielplan. Für Samstag, den 2. Oktober 1926, wird im September schließlich die verschobene deutsche Erstaufführung des Rostandschen Dramas angekündigt, woraufhin die *Deutsch–Österreichische Tageszeitung* droht: »Und wenn dem Burgtheater die Entscheidung gar so leicht fällt, ob es die Rolle eines Kunstinstitutes spielen will oder die eines Hausierers, der bei der Haupttür hinausgeworfen, sich durch die Hintertüre wieder einschleicht, so könnte es geschehen, daß es den Veranstaltern mit aller hier wünschenswerten Deutlichkeit gezeigt wird, daß das deutsche Wien nicht gesonnen ist, sich hinterrücks ins Haus schmuggeln zu lassen, was es einmal offen und empört zurückgewiesen hat!«

Leinenzwang – Im März 1926 hatte die sozialdemokratisch regierte Gemeinde Wien einen Leinenzwang für Hunde verordnet und damit Fritz Löhner-Beda Anlaß gegeben, sein wöchentliches Gedicht auf der Schlußseite der *Wiener Sonn- und Montagszeitung* vom 29. 3. mit dem Aufruf zu beenden:
Vereinigt euch, Hunde aller Rassen,
Das müßt ihr euch nicht gefallen lassen!

»Der frohe Weinberg« – Carl Zuckmayers »Fröhlicher Weinberg« wurde Mitte April eine Woche hindurch im Raimund-Theater aufgeführt, danach stand neuerlich die zugkräftigere Operette »Teresina« auf dem Spielplan.

Chaplins »Goldrausch« – Charlie Chaplins Film wurde ab 8. 3. 1926 im Opern- und Rotenturm-Kino gespielt.

DIE BÜHNE, Nr. 73, 1. April 1926

Zensur beendet – Im März 1926 war die Theater- und Kabarettzensur in Österreich endgültig abgeschafft worden, zumindest für die nächsten acht Jahre.

Jackson, Tiller – Der Brite Mr. Alfred Jackson and the 8 Violets gastierten häufig in Wien. Die sechzehn Lawrence Tiller-Girls von den New Yorker Ziegfeld-Follies traten ab März 1925 im Ronacher in der von Ralph Benatzky arrangierten Revue »An Alle« und Ende März 1926 in der Haller-Revue »Achtung! Welle 505« am Apollo-Theater auf.

Kálmán – Der Operettenkomponist Emmerich Kálmán (1882–1953) wurde vor allem mit der »Csárdásfürstin« (1915), »Gräfin Mariza« (1924) und der »Zirkusprinzessin« (1926) berühmt.

Moissi – Alexander Moissi (1880–1935), österr. Schauspieler, 1920-23 als Jedermann bei den Salzburger Festspielen, danach vor allem unter Rudolf Beer am Deutschen Volkstheater in Aufführungen wie »Faust I« (1925), »Hamlet« (1926) und Pirandellos »Heinrich IV.« (1926) tätig.

Hildach – Eugen Hildach (1849–1924), deutscher Sänger und Komponist, dessen Lied »Der Lenz ist da« oftmals von Leo Slezak vorgetragen wurde.

Auf jeden »Er« hofft jede »Sie« – Seit 14. Februar 1924 brachten Hugo Bettauer und Rudolf Olden die Zeitschrift »Er und Sie. Wochenschrift für Lebenskultur und Erotik« heraus, die von konservativen Kreisen stark angefeindet und schließlich am 5. März von der Bundespolizeidirektion untersagt wurde. Wenig später greift Bundeskanzler Prälat Seipel in die Diskussion um Fragen der Pornographie ein und spricht vom »schärfsten Abwehrkampf« um die »Gesundung der Seelen« (vgl. Hall, Murray G., Der Fall Bettauer. Wien 1978).

Grünbaum blüht wie nie – In diesem Jahr schrieb Grünbaum gemeinsam mit Farkas die Revuen »Journal der Liebe«, »Das tanzende Märchen« und »Wien lacht am Sylvester«, spielte in »Wien lacht wieder« mit, während am Apollotheater erfolgreich seine Ausstattungsrevue »Apollo? Nur Apollo!« lief.

DIE BÜHNE, Nr. 74, 8. April 1926

Die Fischer – Betty Fischer spielte damals unter der Leitung von Hubert *Marischka* die *Zirkusprinzessin* im Theater an der Wien.

Elsie Altmann – Die Tänzerin Elsie Altmann (1899–1984) entstammte ebenfalls jenen gesellschaftlichen Kabarettkreisen, in denen Adolf Loos zuvor schon die junge Lina Obertimpfler kennnengelernt hatte und mit der er zwischen 1902-05 verheiratet gewesen war. Elsie Altmann, die im Dezember 1925 in der Revue »Apollo? Nur Apollo!« und im Oktober 1926 in »Wien lacht wieder« auftrat, hatte den Architekten im Sommer 1919 geheiratet (vgl. Altmann-Loos, Elsie, Mein Leben mit Adolf Loos. Frankfurt/M.-Berlin 1986).

Zwei neue Direktoren – 1926 übernahmen Farkas und Grünbaum die künstlerische Leitung des von Hubert Marischka geführten Stadttheaters. Ab 1. November stand Grünbaum auch dem Etablissement »Pavillon« in der Walfischgasse 11 vor.

DIE BÜHNE, Nr. 75, 15. April 1926

Hamlet im Frack – Am 10. April 1926 erfolgte im Deutschen Volkstheater eine Neuinszenierung von Shakespeares »Hamlet«, den Alexander Moissi im Frack gab, was dem Publikum und vor allem der Kritik zu einigem Erstaunen Anlaß gab.

Bierverteuerung – Ab Dienstag, den 6. April 1926 wurden in Wien und Niederösterreich die Bierpreise erhöht, so stieg ein halber Liter Lagerbier auf 40 Groschen, ein Dreizehntelliterglas auf 26 Groschen an, ebenso wurden von den Brauereien Doppelmalz- und Starkbiere im Preis angehoben, woraufhin in Wien ein Bierboykott ausgerufen wurde.

DIE BÜHNE, Nr. 76, 22. April 1926

Fußgängerstreifen – Die »Premiere des weißen Strichs«, wie ein Nachmittagsblatt titelte, fand Mitte April 1926 auf der Opernkreuzung statt.

Mizzerl Jeritza – Die berühmte Sopranistin Maria Jeritza (1887–1982), sang von 1912 bis 1935 an der Wiener Staatsoper, gastierte zwischen 1921 bis 1932 regelmäßig auch an der Metropolitan Opera in New York und trat auch auf anderen Bühnen auf. Im Juli 1925 vermeldeten die Zeitungen: »Maria Jeritza tritt in Wien nicht mehr auf!« und berichte-

ten von ihrer neuerlichen Abreise in die USA, wo sie für acht Abende 80 000 Dollar erhielt. 1926 zahlt ihr dann die Wiener Oper ein Abendhonorar von 40 Millionen, und dies 20 Abende hindurch, sofern sie sich nicht auf Gastspielreisen befindet.
Ihre Beliebtheit wurde durch ihre zahlreichen Theateraffären keineswegs geschmälert, und hier an der Wiener Oper war sie langjährig mit dem Gaststar Alfred Piccaver (1884–1958) verfeindet, dem sie auf der Gesangsbühne unangebrachterweise das Götz-Zitat zugerufen haben soll, worauf sie im September 1929 neuerlich einen dreijährigen Vertrag in die USA annahm.

Hungerkünstler – Aus Berlin wurde am 12. 4. vom Tobsuchtsanfall des berühmten Hungerkünstlers Wahlmann berichtet, der dabei die Scheiben seines Glaskäfigs zertrümmerte und erklärte, wieder essen zu wollen.

DIE BÜHNE, Nr. 77, 29. April 1926

Der Nicky – Der Hungerkünstler Nicky wollte in Wien 45 Tage hungern, war aber wegen Differenzen mit seinem Manager im April 1926 ausgebrochen. (Vgl. auch den Artikel in der *Bühne*, Nr. 76, 22. 4. 1926 von Anton (Kuh) »Hungerkünstler«.) Wenig später erläßt die Polizei für derartige Veranstaltungen die Weisung: *Hungern verboten!*

Von Neugröschls Produkten – Das jüdische Restaurant Neugröschl in der Wiener Leopoldstadt war vor allem für seine Fladentorten berühmt. »Noch berühmter«, schreibt Friedrich Torberg in der »Tante Jolesch«, »war es für die Person seines Besitzers, eines Originals von seltener Urwüchsigkeit und ebensolcher Grobheit, die an seiner vierschrötigen Gestalt nachdrückliche Stützung fand. Es war nicht gut, Herrn Neugröschl zu widersprechen oder sich sonstwie mit ihm anzulegen« (vgl. Torberg, Friedrich, Die Tante Jolesch oder Der Untergang des Abendlandes in Anekdoten. München-Wien 1975).

Die Günther und der Feldhammer – Die Soubrette Mizzi Günther (1879–1961) feierte ihre größten Erfolge in der Operette »Die lustige Witwe« und trat danach auch als Schauspielerin an Wiener Bühnen auf; sie war mit dem Burgschauspieler Fred Hennings verheiratet.
Jakob *Feldhammer* wirkte ab Februar 1926 in der Volksoper in Busonis Erstaufführung »Arlecchino« sowie in Igor Strawinskys »Geschichte vom Soldaten« mit.

Semmelpreis – Während die Wiener Zeitungen am 26. April vermeldeten: »Die Semmelpreise werden nicht erhöht«, stellten eine Woche später die Bäckermeister ein Ultimatum, woraufhin Weißgebäck in Wien teurer wurde.

Gerstner, Dem(m)el – Die ehemalige k. u. k. Zuckerbäckerei Gerstner, 1847 am Stock-im-Eisenplatz gegründet, wurde 1866 in die Kärntner Straße 6 verlegt (heute: Kärntner Straße 15). Der Gerstner versorgte Oper wie Opernbälle mit seinen Erzeugnissen. 1776 gründete Ludwig Dehne am Michaelerplatz neben dem alten Burgtheater eine Zuckerbäckerei, die zum Ahnherrn des Demels werden sollte. 1857 wurde sie an den »ersten Gehilfen« Christoph Demel verkauft, von 1918 bis zu ihrem Tod 1956 lenkte die stadtbekannte Anna Demel die Geschicke der ehemaligen Hof-Konditorei am Kohlmarkt 14.

Veidt – Conrad Veidt (1893-1943) wirkte in der Stummfilmzeit in zahlreichen bedeutenden Filmen mit, so etwa in denen von F.W. Murnau und Robert Wiene. Von 1927-29 arbeitete er in Hollywood, wohin er auch 1933 emigrierte und wo er in einer seiner letzten Rollen 1943 den deutschen Major Strasser in Michael Curtiz' Film »Casablanca« spielte. Mitte April 1926 war Veidt zu einem Vortragsabend mit Gedichten von Goethe, Heine, Rilke und Werfel in Wien eingetroffen, allerdings Anfang Mai, dank mangelnder Besucherzahl, wieder abgereist (vgl. *Die Bühne,* Nr. 75, 15. 4. 1926).

Amundsen – Der Südpolarforscher Roal Amundsen hielt im September 1925 einen Vortrag über sein Entdeckerleben im Großen Saal des Wiener Konzerthauses, worüber die *Wiener Sonn- und Montagszeitung* anmerkte: »Nur schwer gewöhnt sich das Ohr an den harten Akzent des Norwegers.« Im Dezember 1925 hat er dann sein Expeditionsschiff »Maud« um 40 000 Dollar nach den USA verkauft, und Ende August 1928 stürzt er mit seinem Flugzeug über dem Nordpolarmeer ab.

DIE BÜHNE, Nr. 78, 6. Mai 1926

Bierboykott – Am 26. April begann ein Bierboykott und in allen Gasthäusern wurde der Ausschank des verteuerten Gerstensaftes eingestellt.

Schiffles – jidd. Reste, unbedeutende Kleinigkeiten.

Paul Richter – Der bekannte »Siegfried«-Filmdarsteller in den »Nibelungen« von Fritz Lang stellte sich am 3. Mai 1926 dem Wiener Publikum persönlich vor.

Ophüls – Der Saarländer Max Ophüls war mit 25 Jahren als Regisseur ans Burgtheater engagiert worden und inszenierte im Oktober 1925 Fuldas »Vulkan«. 1926 verließ er Wien und wandte sich später dem Film zu. Ophüls wurde besonders durch seine Schnitzler-Verfilmung »Liebelei« (1933) bekannt. Nach Emigrationsjahren in den USA rückte er in den fünfziger Jahren in Frankreich zum führenden Filmregisseur auf.

Staatstheater-Themis – lat. Themis – Göttin des Rechtes.

DIE BÜHNE, Nr. 79, 13. Mai 1926

Generalstreik – Anfang Mai in Großbritannien ausgerufen.

Drüsen – Verjüngungsoperationen durch Übertragung von Menschendrüsen durch den jugoslawischen Arzt Kolesnikow vermeldeten die Blätter Mitte Juni 1926, nicht ohne hinzuzufügen, daß österreichische Mediziner während des Krieges bereits mit Tierdrüsen an Menschen experimentiert hätten.

Freuds Geburtstag – Freud wurde am 6. Mai 1926 anläßlich seines 70. Geburtstages von einer Deputation der Internationalen Psychoanalytischen Vereinigung begrüßt. Auf seinen Wunsch hin wurde anschließend lediglich im engeren Familienkreis gefeiert, und jegliche offizielle Veranstaltung unterblieb.

DIE BÜHNE, Nr. 80, 20. Mai 1926

Gäste aus Amerika – Anfang Mai trafen Vertreter der amerikanischen Hotellerie am Wiener Westbahnhof ein, wo ihnen zu Ehren der Hofsalon geöffnet wurde. Anschließend unternahmen sie eine Fahrt entlang des beleuchteten Rathauses und der Ringstraße zum Hochstrahlbrunnen, um schließlich im Hotel Imperial zu landen, wo laut Zeitungsberichten das verabreichte »zwanglose Souper einen animierten Verlauf« nahm. Eine Abordnung Wiener Hotelbesitzer war zuvor den Gästen nach Melk entgegengeeilt, wo nach dem Stiftsbesuch die Gäste ein Buffet erwartete, »bei dem«, wie die Blätter penibel recherchierten, »Wachauerinnen in Wachauertracht und Winzer in Winzertracht Speisen und Getränke kredenzten« sowie Landeshauptmann

Buresch der Delegation unter Führung des Direktors des New Yorker Waldorf Astoria, Mr. Oskar Tschirky, entgegenrief: »Sie gehören mit zu den Mächtigen auf dem Gebiete der Reisen und des Verkehrs, ich bitte Sie, werben Sie auch bei Ihren Freunden für unsere schöne Heimat.«

guter Schneider – gemeint Unterrichtsminister Dr. Emil Schneider, der nach Differenzen in Schulfragen und Auseinandersetzungen mit Bundeskanzler *Ramek* um staatlich-repräsentative Benützung der Bundestheater ohne Einwilligung des Hausherren Schneider (Affäre *Kosak)* aus dem Amt schied und mangels Ministerpension Landesschulinspektor von Vorarlberg wurde. Der Vorgang sollte schließlich Rameks Sturz mitverursachen.

Byrd – Der Entdecker war am 10. 5. 1926 nach dem Nordpol abgereist.

DIE BÜHNE, Nr. 81, 27. Mai 1926

Franc-Verfall – Die französische Währung, die sich auf einem Tiefststand befand, sollte durch internationale Sanierungsaktionen gestützt werden.

Fälschungen in Ungarn – Ende Mai erhebt Paris schwere Beschuldigungen gegen die Regierung Bethlen in Budapest im Zusammenhang mit den Franc-Fälschungen (s. d.).

Krieg in Polen – Der Bürgerkrieg in Polen hatte im Mai 205 Tote gefordert und mit einem Sieg Marschall Pilsudskis geendet.

Schlachzizen-Schar – Schlachtschitzen, polnische Adelige.

DIE BÜHNE, Nr. 82, 3. Juni 1926

Galsworthy in Wien – Bei der Aufführung von »Sensation« im Modernen Theater Ende Mai war der Verfasser von »Gesellschaft« und der Dichtung »Urwald« persönlich anwesend.

Max Reinhardts Lesbos-Drama – »Die Gefangene« von Edouard Bourdet wurde im Mai 1926 mit Helene Thimig, Ernst Deutsch und Lil Dagover im Theater in der Josefstadt gespielt (s. u.).
Lene Thimig – Die Schauspielerin Helene Thimig (1889-1974), Tochter von Hugo Thimig und Ehefrau von Max Reinhardt, war ab Eröffnung des Theaters in der Josefstadt am 1. April 1924 dort ständig tätig.

Ernst Deutsch – Der Schauspieler Ernst Deutsch (1890–1969) arbeitete lange Zeit unter Max Reinhardt in Berlin und ab 1924 auch beim Film.

Lil Dagover – Dt. Filmschauspielerin, wirkte neben der Reinhardt-Inszenierung 1926 auch an den Streifen »Tartüff«, »Die Brüder Schellenberg«, »Im Taumel von Paris«, »Nur eine Tänzerin« und »Rot und Schwarz« mit.

Demission Schalks – Ende Mai erfolgte die Annahme der Demission Franz Schalks mit Ende des Spieljahres, der Leiter der Frankfurter Oper, *Klemens Kraus*, wird zu seinem Nachfolger bestimmt, woraufhin Richard Strauss an Unterrichtsminister Schneider telegraphierte, im Falle einer Bestellung von Kraus wieder der Wiener Oper als Dirigent zur Verfügung zu stehen.

Neue Rax-Bahn – Am 9. Mai 1926 wurde die Raxseilschwebebahn feierlich durch Bundespräsident Hainisch in Betrieb genommen.

Meister Udet – Der Luftakrobat und spätere Generalluftzeugmeister trat an den beiden Pfingsttagen 1926 zu einem Schaufliegen am Flughafen Aspern an und erntete von 40 000 Zuschauern stürmischen Beifall.

DIE BÜHNE, Nr. 83, 10. Juni 1926

Seelen frisch saniert – Anspielung auf den in Zusammenhang mit der Genfer Sanierung und den Kampf gegen Pornographie am 12. März 1924 von Bundeskanzler Seipel geäußerten Satz von der »Gesundung der Seele« (s. u.).

Pornographische Schriften – Der Kampf gegen die Pornographie wurde staatlicherseits bereits im März 1924 durch Bundeskanzler Seipel, danach im November 1925 verstärkt von konservativen Kreisen aufgenommen und die Frage nach einer Zensur auf der Bühne und in der Presse von christlichsozialer und deutschnationaler Seite gegen das »Rote Wien« neuerlich gestellt. So wurde im Herbst 1925 vermeldet, daß mit »unsittlichen Büchern und Bildern Milliardenumsätze zu erzielen« seien, da »ausschließlich mit der Lüsternheit gewisser Kreise des Publikums spekuliert« werde.

Maifest verschoben – Das Maifest 1926 mußte wegen anhaltenden Schlechtwetters verschoben werden.

Mittelschullehrer-Streik – Ende Mai 1926 war ein Streikultimatum der Mittelschullehrer an die Bundesregierung erfolgt.

DIE BÜHNE, Nr. 84, 17. Juni 1926

Verkehrssignale – Im Wiener Straßenverkehr waren ab Jänner 1926 verbindliche Handzeichen festgelegt und erste Verkehrsampeln installiert worden.

Schneiderhan – Franz Schneiderhan, Industrieller, musikalischer Mäzen und Generaldirektor der Bundestheaterverwaltung unter Präsident Prüger, verlangt im Juni 1926 kein Gehalt, jedoch 40 Millionen Repräsentationskosten vom Staat.

Turnaus Turnus – Opernregisseur Turnau war im Juli 1925 von der Wiener Staatsoper eine Spielzeit nach Breslau engagiert worden. Als Schalk-Nachfolger an der Wiener Oper war neben Furtwängler, Kraus und Bruno Walter am Rande auch Turnau genannt worden.

Prüger – Während Schalk Ende Mai demissioniert, wird Sektionschef Prüger als Präsident der Bundestheaterverwaltung bestätigt.

Derby – Am Samstag, den 1. Mai, beendete der Jockeyclub in der Wiener Freudenau sein Frühjahrsmeeting, beim Derby gewann *Wood screw* die Trial Stakes.

DIE BÜHNE, Nr. 85, 24. Juni 1926

Mister Whiteman – Sam Woodings, auch als »schwarzer Whiteman« bekannt, trat mit seiner »Schwarzen Jazzrevue« ab 1. September 1926 im Moulin Rouge auf.

Vulkan-Fiber – gemeint der Reisekoffer.

DIE BÜHNE, Nr. 86, 1. Juli 1926

Herbstgefühl

Auswahl aus der *Wiener Sonn- und Montags-Zeitung* vom 3. September 1928 bis 21. Oktober 1929. Karl Farkas hatte am 27. August 1928 die gereimte Kolumne auf der Schlußseite der *Wiener Sonn- und Montagszeitung* vom Librettisten und Kabarettisten Fritz Löhner-Beda übernommen.
Untertitel vom Hrsg.

Friede in Paris
3. 9. 1928

Stresemann-Briand – Der deutsche Reichskanzler und Außenminister traf am 26. August 1928 in Paris ein, wo er laut Zeitungsberichten »von einer unübersehbaren Menschenmenge stürmisch begrüßt« wurde und mit Frankreichs Außenminister Briand Gespräche über die Unterzeichnung des Kellogg-Paktes aufnahm, ein internationaler Vertrag, der den Krieg als Mittel nationaler Politik zu beseitigen trachtete.

Moral en gros
1. 10. 1928

Und die Frau Pichl – Die katholische Bundesrätin Berta Pichl trat mehrmals lautstark gegen »Schmutz und Schund« sowie gegen die neue Sexualmoral auf, so engagierte sie sich laut *Wiener Sonn- und Montagszeitung* vom 3. Juli 1929 gegen den Van de Velde-Film »Die Ehe«.

Modeschauspielhaus
22. 10. 1928

Im Burgtheater reformiert man ... – Die Goethesche »Faust«-Inszenierung auf dem Wiener Burgtheater war es, die den Kritiker Hans Liebstoeckl in der *Wiener Sonn- und Montagszeitung* am 28. 10. 1928 erzürnt zur Feder greifen ließ, um den »Zeitgeist« und die »Neue Sachlichkeit« auf der Bühne zu verdammen.

Chowet – jidd. Ehre.

stark wattiert – wattieren: Auffüllen der Theater mittels Freikarten.

Die Rolandbühne bringt was Neues ... Die Kleinbühne im zweiten Wiener Gemeindebezirk, Praterstraße 25, wurde 1913 eröffnet. Bekannt wurde sie vor allem durch jüdische Theatergruppen, wie den »Budapestern« und »Max und Moritz«.

Schneiderhan – s. o.

Elegie im Herbst

29. 10. 1928

Ihm kann nix g'schehen … – Der Wiener Beitrag zur optimistischen Lebenssicht findet sich erstmals in Ludwig Anzengrubers Bauernkomödie »Die Kreuzelschreiber«, deren Uraufführung am 12. Oktober 1872 im Deutschen Volkstheater stattfand. Der Ausspruch »Es kann dir nix g'schehn«, hat als Lebensmaxime nicht nur Gustav Mahler, sondern auch den jungen Ludwig Wittgenstein geprägt, und er war bald in Wien sprichwörtlich geworden. »Es kann dir nix g'scheg'n«, heißt auch ein mundartliches Festgedicht von Rudolf Hawel aus An-laß der Einweihung des Anzengruber-Denkmals im April 1905 (vgl. Janik, Allan S. u. Hans Veigl, Wittgenstein in Wien. Wien-New York 1998).

Resumée

13. 11. 1928

fatieren – Bekennen, angeben; eine Steuererklärung abgeben.

Reinhardt – Theater an der Wien – Im Sommer 1926 schließt Max Reinhardt einen Direktorenvertrag mit Hubert Marischka, wonach ab November im Theater an der Wien ein mehrmonatiges Gastspiel mit dem Stück »Artisten« (s. u.) in seiner Berliner Inszenierung und Besetzung gespielt werden soll und bis dahin Kálmáns Operette »Die Herzogin von Chicago« mit Rita Georg und Marischka in den Hauptrollen auf dem Programm steht.

Die neue Richtung

19. 11. 1928

Brachte Reinhardt jetzt Artisten … Reinhardts amerikanische Varietékomödie »Artisten«, die merkwürdigerweise der Russe Dymow ins Deutsche übertragen hatte, und bei der neben Hans Moser auch Egon Friedell mitwirkte, erwies sich bald als Pleitestück.

Grock schluchzt in »Cavalleria« – Der berühmte Clown war im November im Zirkus Busch am Praterstern, wo bereits Max Reinhardt vor dem Krieg Theaterstücke inszeniert hatte, aufgetreten.

Der Othello bläst gleich Jonny – Anspielung auf Ernst Kreneks Oper »Jonny spielt auf«, die Anfang Jänner 1928 an der Wiener Staatsoper aufgeführt wurde, woraufhin die NSDAP mit Protestkundgebungen und Plakaten reagierte, auf denen etwa zu lesen war: »Unsere Staatsoper, die erste Kunst- und Bildungsstätte der Welt, der Stolz aller Wiener, ist einer frechen jüdisch-negerischen Besudelung zum Opfer gefallen. Das Schandwerk eines tschechischen Halbjuden ›Jonny spielt auf!‹ in welchem Volk und Heimat, Sitte, Moral und Kultur brutal zertreten werden soll, wurde der Staatsoper aufgezwungen. Eine volksfremde Meute von Geschäftsjuden und Freimaurern setzt alles daran, unsere Staatsoper zu einer Bedürfnisanstalt ihrer jüdisch-negerischen Perversitäten herabzuwürdigen. Der Kunst-Bolschewismus erhebt frech sein Haupt« (vgl. Krenek, Ernst, Im Atem der Zeit. Erinnerungen an die Moderne. Hamburg 1998).

Schubertbrunnen

26. 11. 1928

Man enthüllt den Schubertbrunnen – Am 18. November 1928 war Ecke Alserbachstraße/Liechtensteinstraße der vom Bildhauer Theodor Stundl über Veranlassung des Wiener Schubertbundes und der Bezirksvertretung Alsergrund geschaffene Schubertbrunnen feierlich eröffnet worden. Einen Tag später, dem 100. Todestag des Komponisten, wurde vom Margaretner Männergesangsverein eine Schubertlinde im Sankt-Johann Park gepflanzt, der Schubertpark samt Schubertlinde in Mauer angelegt und eine Gedenktafel am Hause Schönbrunnerstraße 52 sowie eine in der Marktgasse 40 angebracht. Am 14. 11. 1928 war der Kolowrat- in Franz Schubert-Ring umbenannt worden, während die Überführung der sterblichen Reste Schuberts vom Währinger Friedhof (nunmehr Schubertpark) in ein Ehrengrab auf dem Zentralfriedhof erfolgte.

Das alte Haus

3. 12. 1928

Denn wenn man in Genf auch … – Bundeskanzler Seipel reiste Ende August zur Regelung der Südtirol-Frage zum Völkerbund nach Genf.

Passive Resistenz

10. 12. 1928

Da regt die Post die Hände … – Die Gewerkschaft der Post-, Telegraphen- und Telefonämter rief Anfang Dezember 1928 zur »passiven Resistenz« auf, um Lohnforderungen durchzusetzen.

Weihnachts-Elegie
17. 12. 1928

Die herrlichsten Mezies – jidd. meziah, günstiges Geschäft.

Schlußbetrachtung
24. 12. 1928

Und dem Mieß-en-scène-Genie – Wortspiel mit jidd. *mies,* ekelhaft, häßlich, und dem französischen *mise en scène*, Inszenierung.

Stark geleert ist Edmunds Safe – Max Reinhardts Bruder Edmund war für die Kassenführung zuständig. Nach der Pleite mit den »Artisten« arbeitete der Regisseur vorübergehend in Hollywood, wohin er 1937 endgültig übersiedeln sollte.

Seine Wiedner Sation – gemeint das Theater an der Wien.

Silvester
31. 12. 1928

Schwesterreich – Anspielung auf den Anschlußwillen in Österreich.

Doppelwacht
28. 1. 1929

eine zweite Wachmannschaft – Infolge der Parteilichkeit der Exekutive der Heimwehr gegenüber wurde der Kompetenzstreit zwischen Bundespolizei und Gemeindewache von den Verantwortlichen des »Roten Wiens« mit Mißtrauen verfolgt.

im Schattendorfer Schatten … – In der ersten Julihälfte fand in Wien der Schwurgerichtsprozeß gegen jene drei Mitglieder der »Frontkämpfervereinigung« statt, die zuvor bei politischen Auseinandersetzungen zwei Menschen getötet hatten. Ihr überraschender Freispruch löste am 15. und 16. Juli schwere Unruhen aus, die mit dem Brand des Justizpalastes, 89 Getöteten und mehr als tausend Verletzten endeten. Die politischen Folgen waren die Herausbildung einer latenten Bürgerkriegssituation.

Grippe

4. 2. 1929

Verschnupft sind die Geschworenen – Nach dem Urteil von Schattendorf war Kritik an den Geschworenengerichten laut geworden. In seinem Leitartikel in der *Arbeiter-Zeitung* vom 15. Juli 1927 hatte Chefredakteur Austerlitz die Geschworenen »eidbrüchige Gesellen« genannt.

Faschingsende

11. 2. 1929

Wien unter Null

18. 2. 1929

Denn bei uns, am Wiener Nordpol – »Wien vom Verkehr stellenweise abgeschnitten!«, vermeldet die *Wiener Sonn- und Montagszeitung* am 28. Jänner 1929, selbst Schneepflüge seien eingeschneit worden und die Versorgung der Stadt sei ernsthaft gefährdet. Am 4. Februar wird von 18 Grad unter Null und von Wasser- und Kohlenknappheit, am 18. von der Lahmlegung des Wiener Geschäftsverkehrs berichtet. Am 25. Februar heißt es dann, das »Ende der großen Kälte« sei erreicht, »Zwei Bauern im Donaueis eingebrochen«. Ein unterdessen wohlhabend gewordener Holzindustrieller erwirbt nunmehr das Wiener Dianabad.

Endlich Frühling ...!

18. 3. 1929

Endlich hält der durch Herrn Hildach / So berühmte Lenz Entrée ... – s. o.

Abgeblasen

25. 3. 1929

Hasenclever / Sperrt for ever / seufzend zu dem Ehehimmel ... – Vermutl. Bezug auf Walter Hasenclevers (1890–1940) 1927 uraufgeführten Komödie »Ein besserer Herr«.

Mit dem Tuch aus Irlandleinen – Hinweis auf Stephan Kamares »Leinen aus Irland« mit Curt Bois im Theater in der Josefstadt.

Drangen selbst aus Werbezirken – Gisela Werbezirk spielte damals im Schwank von Armin Friedmann und Fritz Lunzer »Ida Poppers Karriere« auf der Renaissancebühne.

Von Camillo Castiglioni – Der Börsenspekulant und Reinhardt-Mäzen hielt sich nach Zusammenbruch seines Finanzimperiums im imperial gesinnten Italien auf.

Oster-Reminiszenz

2. 4. 1929

Wie am Salzgries die Bilanz … – Die exportorientierte österreichische Textilindustrie, deren Sitz sich am Wiener Salzgries befand, wurde von der Absperrpolitik der Nachfolgestaaten besonders hart getroffen.

Holde Wedekindereien – möglicherweise Anspielung auf die Aufführung von Frank Wedekinds »Frühlingserwachen« vom 5. März 1928 mit Paula Wessely und Hans Jaray im Deutschen Volkstheater.

Die keusche Stadt

15. 4. 1929

Keusch wird nun die Kärntnerstraße – Mit dieser Verordnung beabsichtigte die Stadtregierung die Prostituierten, man schätzte diese im Februar 1929 auf tausend offizielle und fünftausend geheime, aus der Inneren Stadt zu vertreiben.

In Erwartung

29. 4. 1929

Doch kein Kanzler meldet sich … – Über die Kanzlersuche schrieb am 29. April 1929 die *Wiener Sonn- und Montagszeitung*: »Kein prominenter Christlichsozialer traute sich die Flinte, die Dr. Seipel ins Korn warf, mit neuem Schrott zu laden. Ein wichtiger Parlamentarier hat erklärt, es sei eine beinahe unlösbare Aufgabe, *über* Seipel und *unter* Otto Bauer zu regieren.«

Und der Doktor Mittelberger – Bereits im Kabinett Ender als Finanzminister vorgesehen, übernimmt dieser in der Regierung Streeruwitz das Amt.

Die Verfassung der Verfassung – Anspielung auf den Streit um die neue Verfassung, in der dann u. a. die Stellung des Bundespräsidenten neu festgelegt wurde (s. u.).

Int'ressiert uns Dantons Tod … – Büchners »Dantons Tod« wurde anläßlich der Wiener Festwocheneröffnung Ende Juni 1929 mit Paul Hartmann, Gustaf Gründgens, Rudolf Teubler, Hans Thimig, Annie Rosar und Ludwig Stärk aufgeführt.

Das neue Kabinett
6. 5. 1929

Unsre Regierung neu ... – s. unter *Streeruwitz*.

Ein Wohnungsnotgefrett ... – Besonders die Wirtschaft lief im Mai 1929 neuerlich gegen die geplante Mietenreform Sturm.

Man huldigt Streeruwitzen – Von Ostern bis September leitete Ernst v. *Streeruwitz*, ein ehemaliger Offizier und Generalsekretär der Industriellenvereinigung, die Bundesregierung. Da er weder das Problem der Verfassungsreform noch die Entwaffnung der Parteiarmeen lösen konnte, trat er am 25. September zurück. Sein Nachfolger wurde Johannes Schober.

Firmung
27. 5. 1929

Künstler-Rummel
10. 6. 1929

Dauer-Rekord
17. 6. 1929

Ländliche Dämmerung
1. 7. 1929

Vgl. auch das Gedicht *Ferienreise* in diesem Band. Wie im Kabarett üblich, hat Karl Farkas verschiedene Strophen und Sketches, inhaltlich geringfügig verändert, mehrfach verwendet. Einige Textwiederholungen wurden belassen, da, wie Farkas einmal richtig bemerkte, Witze nicht eigentlich alt seien, sondern lediglich eine zu kurze Jugend gehabt hätten.

Das verschlossene Paradies
15. 7. 1929

Im Gebirg stürzt den Verjuder / der Natur man glatt vom Fels – 1921 bereits war der Ausschluß von »Nichtariern« von der Sektion Austria des Deutsch-Österreichischen Alpenvereines beschlossen worden. Ende

Mai 1926 hatte auch der Österreichische Ski-Verband trotz Einspruchs des Internationalen Ski-Kongresses den Arierparagraphen beschlossen. Möglicherweise auch Anspielung auf den vor antisemitischem Hintergrund im Dezember 1928 wiederaufgenommenen Prozeß Halsmann in Innsbruck, bei dem der Angeklagte beschuldigt wurde, seinen Vater von einer Felswand gestoßen zu haben. Im Sommer 1929 wird der Prozeß »aus Rücksicht auf das Fremdenpublikum« auf den Herbst verschoben.

Andreas und Sigi Hofer – Gegenüberstellung des Tiroler Freiheitshelden mit dem jüdischen Jargonkomiker, der seine Laufbahn im »Budapester Orpheum« begonnen hatte.

Scholet – jidd., eigentl. Tscholent, schwerverdauliches Bohneneintopfgericht, von Heinrich Heine bereits als »schöner Götterfunken« besungen.

Und stets trefe bleibt das Schwein – jidd. t'réjfe, was nach den jüdischen Speisegesetzen nicht erlaubt ist, im Gegensatz zu *koscher* (vgl. Landmann, Salcia, Jiddisch. Das Abenteuer einer Sprache. Olten u. Freiburg 1962).

Kriegsbeginn

22. 7. 1929

Der Parteienkampf in Wien … – s. u.

Massen-Psychose

29. 7. 1929

Lainzer Affäre – Am 4. Februar 1929 vermeldet die *Wiener Sonn- und Montagszeitung* den Fund einer vorerst unbekannten Ermordeten im Tierpark Lainz. Da das Erholungsgebiet teilweise außerhalb der Wiener Stadtgrenze lag, war für den Fall nicht die Wiener Polizei, sondern die Gendarmerie zuständig, die dann auch als ersten aus einer stattlichen Reihe unschuldig Verdächtiger einen Gendarmerie-Revierinspektor verhaftete.

Und beim Brandl brandelt Misere … – In den Fall involvierter hoher Polizeibeamter.

Sherlock Porges – Figur aus der Revue »Sie werden lachen« von Karl Farkas und Emil Schwarz, Premiere 11. Oktober 1928 im Neuen Wiener

Stadttheater, mit Karl Farkas, Mimi Shorp, Hans Unterkirchner, Max Brod u.a.

Nick Carter – Held einer Kriminalromanserie (Pseudonym für Michael Avallone).

Wo war ich am 17. Juli ... – Unter dem Titel »Wo war ich am 17. Juli 1928?« hatte der bekannte Rechtsanwalt und Strafverteidiger im Halsmann-Prozeß, Dr. Richard Preßburger, in der *Wiener Sonn- und Montagszeitung* das Nachrichtenbüro der Wiener Polizei im Zusammenhang mit dem Mord in Lainz angeklagt, unschuldig Inhaftierte öffentlich gebrandmarkt zu haben.

Ost und West

12. 8. 1929

Dagegen in Ischl ... – Die Stadt war im Sommer zum Umschlagplatz und zur Börse der Wiener Operette geworden, wo sich beispielsweise Lehar und Kálmán regelmäßig mit den Librettisten Grünwald, Brammer, Oesterreicher und den Schauspielern Hansi Niese, Luci Englisch, Josef Jarno u. a. trafen.

Zurück vom Urlaub

26. 8. 1929

Schießen emsig her und hin ... – Einen Toten und 62 Verletzte hatte am 18. August 1929 der Parteienaufmarsch in St. Lorenzen gefordert.

»Reiner Wein«

2. 9. 1929

Schon glüht der geheime Gedanke / an Bürgerkriege in Wien – »Der offene Appell an Gewalt und militärische Verhaltensweisen«, schreibt Gerhard Botz, »die massiven Rüstungen und organisatorischen Vorbereitungen für eine gewaltsame Austragung des Klassengegensatzes mit der organisierten Arbeiterschaft bestimmten seit Herbst 1928 die innenpolitische Szene.« Während geheime Putschvorbereitungen der Heimwehr anliefen, Heimwehrführern die Unterstützung Ungarns und Italiens versichert worden war, kam es zu Vorbereitungen eines Massenaufmarsches im »roten« Wiener Neustadt für den 7. Oktober 1928, dem die Sozialdemokraten einen »Arbeitertag« am selben Ort und zum gleichen Datum entgegensetzten. Schließlich kam unter Druck der liberalen Presse und der von Auslandskrediten abhängigen

Unternehmergruppen ein Abkommen zustande, das die Aufmärsche räumlich und zeitlich auseinanderlegte und zwischen beiden von der Exekutive eine neutrale Zone geschaffen wurde (vgl. Botz, Gewalt in der Politik. München 1983).

September
9. 9. 1929

Der Kai im verzagten Jargon … Der Franz Josefs-Kai war ebenso wie der benachbarte Salzgries (s. o.) Sitz der Textilindustrie.

Im Westen nichts Neues
16. 9. 1929

Ein Standard-Werk brilliert wie nie … – Erich Maria Remarques Roman »Im Westen nichts Neues« erschien 1929.

Die Höfer-Meldung … – Der Ich-Erzähler des Romans fällt, wie ein kurzer Schlußpassus mitteilt, an jenem Tag, an dem »der Heeresbericht sich nur auf den Satz beschränkte, im Westen sei nichts Neues zu melden«.

Wird Palästinas Judenschaft … – Arabischer Aufstand in Palästina gegen zunehmende jüdische Einwanderung im August. Ein Hilferuf aus Jerusalem erreichte Anfang September auch die *Wiener Sonn- und Montagszeitung.*

Endlich …!
30. 9. 1929

Das Geheimnis ward gelüftet / Das Ferdinand Bruckner hieß … – Hinter dem Geheimnis verbarg sich dann der Dramatiker Theodor Tagger (1891–1958).

Alles hübsch im – Schober liegt … – Johannes Schober, Wiener Polizeipräsident während der Unruhen des 15. Juli 1927, wurde am 26. September 1929 neuerlich Bundeskanzler.

Theatersaison
7. 10. 1929

Emil Jannings – (s. u.).

Werner Krauss – Schauspieler (1884–1959), wirkte ab 1928 am Wiener Burgtheater.

Zwar hat Breitner nachgelassen – Der Wiener Finanzstadtrat Hugo Breitner hatte Anfang September 1929 die Lustbarkeitssteuer für Prosa- und Operntheater von 5 auf 4 Prozent und die für Operetten- und Revuebühnen von 10 auf 6 Prozent gesenkt.

Wassernot

14. 10. 1929

Zoo-Logisches

21. 10. 1929

Manche altbewährte Anstalt / Boden an Kredit verliert ... – Anspielung auf den Zusammenbruch der *Allgemeinen Österreichischen Bodenkreditanstalt* im Zeichen der Weltwirtschaftskrise im Herbst 1929, die daraufhin mit der Creditanstalt fusioniert wurde.

Die sich Mewen einst genannt ... – möglicherweise Wortspiel mit dem jidd. méjwin, Kenner, Experte.

Krankenbesuch

28. 10. 1929

Nicht in der rechten – Verfassung ... – Damals ertönte im bürgerlichen Lager immer lauter der Ruf nach einer Verfassungsreform. Während die Heimwehren einen Ständestaat nach faschistischem italienischem Vorbild propagierten, beabsichtigten demokratische bürgerliche Kreise, den Bundesrat in eine Ständekammer umzuwandeln und die Rechte des Bundespräsidenten gegenüber dem Parlament zu vergrößern (vgl. Andics, Helmut, Der Staat, den keiner wollte. Wien-München-Zürich 1968).

Was unsre Prominenten zum Christkindl bekommen haben
NEUES 8 UHR-BLATT, 27. Dezember 1924.

Was ich von 1925 erwarte
DIE BÜHNE, Nr. 8, 1. Jänner 1925

Berühmte Wiener aus Budapest
DIE BÜHNE, Nr. 63, 21. Jänner 1926

Weil noch durch keinen Reichsverweser … – Anfang März 1920 war der ehemalige Flügeladjutant Kaiser Franz Josefs und Vizeadmiral der k. u. k. Kriegsmarine Nikolaus v. Horthy zum ungarischen Reichsverweser ernannt worden.

Bevor durch Windischgrätzionen … – s. o.

Sári Fedák – Die ungarische Schauspielerin war ab Herbst 1925 am Wiener Volkstheater engagiert, im September trat sie hinter verschlossenen Türen im Ehescheidungsprozeß gegen ihren Mann, den Dramatiker Franz Molnar, auf.

Szöke Szakáll – Ungarischer Schauspieler, der in komischen Rollen an Wiener Bühnen auftrat, ehe er im amerikanischen Exil in zahlreichen Hollywood-Filmen mitspielte.

Béla Reinitz – Ungarischer Komponist und Klavierbegleiter, war in den zwanziger Jahren Erster Kapellmeister der Geyer-Bühnen. Die Soubrette Mimi Kött trat ab 1. November 1925 mit Liedern von Béla Reinitz im »Pavillon« auf.

Gefällt es Ihnen noch in Wien?
DIE BÜHNE, Nr. 82, 3. Juni 1926

Wo der Schalk … – s. o.

Die Tücke des Objekts …!
DIE BÜHNE, Nr. 157, 10. November 1927

Prosit Neujahr!
DIE BÜHNE, Nr. 164, 29. Dezember 1927

Ein Dutzend Leistendrüsen leisten … – s. o.

Wie lernten Sie Ihre Frau kennen?
NEUE FREIE PRESSE, Nr. 22880, 25. Mai 1928

No – hab ich sie genommen – Farkas hatte die junge Naive Anny Hán als Regisseur der Komödie »Konsul Max« in den Kammerspielen kennengelernt und am 17. Juli 1924 geheiratet.

Wer ist Ihre Schönheitskönigin?
WIENER MITTAGS-ZEITUNG, 27. 1. 1930

Wie verbringen Sie den Sommerurlaub?
NEUES WIENER JOURNAL, 14. 6. 1931 sowie 29. 5. 1932

In Edlach, da halte ich Haus … – Das Haus in Edlach an der Rax, rund hundert Kilometer südlich von Wien, wurde 1928 erworben.

Mein Söhnlein … – Robert »Bobby« Farkas, geboren 1928, erkrankt mit zweieinhalb Jahren an einer Gehirnhautentzündung und lebt heute in der Pflegestation einer Psychiatrischen Anstalt in Wien (vgl. Markus, Georg, Karl Farkas. Wien-München 1983).

Saison morte

Aus: Also sprach Farkas. Heiteres von Karl Farkas. Verlag Halm und Goldmann. Wien o. J. (1930). Rechte: Thomas Sessler Verlag, Wien.

Opernredoute

(Leicht abgeändert auch in der WIENER SONN- UND MONTAGS-ZEITUNG, Jg. 1929, erschienen.)

Ist der Hagere der Slezak? – Leo Slezak (1873-1946) voluminöser Wagner-Sänger und Liedinterpret, von 1901 bis 1926 an der Wiener Oper und daneben auch an der New Yorker Metropolitan Opera tätig. Ab 1932 trat er auch u. a. mit Hans Moser in komischen Filmrollen auf.

Weekend

(Auch in der WIENER SONN- UND MONTAGSZEITUNG veröffentlicht.)

Da Aufmarsch untersagt ab heut' ... – Der Bürgermeister und Landeshauptmann von Wien, Karl Seitz, erteilte am 7. 5. 1929 der Wiener Polizeidirektion die Weisung, daß mit sofortiger Wirkung »alle Aufmärsche uniformierter Selbstschutzverbände« zu untersagen seien (vgl. Botz, Gerhard, Gewalt in der Politik. München 1983).

Ferienreise

(Teilweise auch in der WIENER SONN- UND MONTAGSZEITUNG veröffentlicht).

Tonfilm

Tonfilm – Nachdem Al Jolson mit dem ersten amerikanischen Tonfilm nach Europa gekommen war, erlebte wenige Monate später der erste deutsche Tonfilm »Zwei Herzen im Dreivierteltakt« mit Willy Forst und Oskar Karlweis, der Musik von Robert Stolz und unter der Regie von Géza v. Bolvary seine Uraufführung.

Wenn die Asthma Nielsen zittert – Zu Asta Nielsen s. o.

Buster Keaton – amerikanischer Schauspieler, Regisseur und Produzent (1895–1966), begann 1923 mit der Produktion von abendfüllenden Spielfilmen, in denen er als »Mann, der niemals lacht« berühmt wurde.

Dalles – jidd. dáless, Armut, Elend.

Greta Garbo – schwedische Filmschauspielerin, ging über Berlin, wo sie an der »Freudlosen Gasse« mitwirkte, nach den USA, hier entwickelte sie sich ab 1925 schnell zu einem Star.

Jannings – Emil Jannings (1884–1950), deutscher Schauspieler. 1914 kam er an Max Reinhardts Deutsches Theater in Berlin, zur gleichen Zeit erhielt er von Ernst Lubitsch auch erste Filmrollen. 1924 spielte er in F. W. Murnaus Film »Der letzte Mann«, 1926 in dessen »Tartüff« und im Ufa-Film »Varieté«, 1930 in Josef v. Sternbergs »Der blaue Engel« nach dem Roman von Heinrich Mann. Von 1926 bis 1929 arbeitete er in Hollywood und erhielt 1927/28 den Oscar für »The Last Command« von Sternberg und für »The Way of All Flesh« von V. Fleming.

Harold Cellu-Lloyd – Der Filmschauspieler Harold Lloyd (1893–1971) entwickelte bald den Typ des amerikanischen Durchschnittsbürgers mit Strohhut, Hornbrille und Stock; ab 1921 drehte er auch abendfüllende Filme, mit denen er zeitweise die Popularität seiner Kollegen Chaplin und Keaton übertraf.

Saison morte

Dichtung und Wahrheit
(Teilweise in der WIENER SONN- UND MONTAGSZEITUNG erschienen.)

Sommerpläne

Kritzendorf – Bereits Franz Höllrigls »Wiener Cicerone« aus dem Jahr 1903 empfahl dem Touristen den »Villenort Kritzendorf, mit gutem Strombad«, der sich allerdings keines besonderen mondänen Rufes erfreute. »Ob für Deauville, ob für Kritzendorf«, meinte dann ein Modehaus in einer Anzeige der *Bühne* im Frühsommer 1926, »die richtige Bade- und Strandkleidung finden Sie bei Zwieback, I., Kärntnerstrasse Nr. 11–15.«

Nachtleben

... gleich jungen Schickses – jidd. Schikse, Nichtjüdinnen, Christenmädchen.

Formenlehre
(Auch in der WIENER SONN- UND MONTAGSZEITUNG erschienen.)

Revue
(Teilweise auch in der WIENER SONN- UND MONTAGSZEITUNG abgedruckt.)

Lächeln müde Pönemer – jidd. pénemer, Gesichter, Antlitze.

Der Vorhang hebt sich

Wien lacht wieder
Revue von Karl Farkas. Uraufführung 2. Oktober 1926 im Neuen Wiener Stadttheater. Direktion: Hubert Marischka-Karczak, Künstlerische Leitung: Karl Farkas und Fritz Grünbaum. Mit Karl Farkas, Fritz Grünbaum, Margit Künl, Lizzi Holzschuh, Bobby Smith, F. Puchstein, Elsie Altmann, Mizzi Zwerenz u.a.

Hier in der Rue de Skoda – In der Skodagasse 20, im achten Wiener Gemeindebezirk, befand sich das Neue Wiener Stadttheater.

... *die ganze Tabakregie* – Die staatliche Tabakregie nannte ihre Zigarettenmarken, dem damaligen Trend nach Orienttabak gemäß, etwa »Nil«, »Memphis« oder 1926 »Harun«.

... *lauter Sätze in Befehlsform* – Neben Rundfragen, Kriminal- und Kreuzworträtsel sowie Witz-Wettbewerben veröffentliche die *Wiener Sonn- und Montagszeitung* mehrmals eingesandte Kategorische Imperative, wie »Pump-hose!«, »Renn-pferd!« oder »Gurgl in Tirol!«

... *ich bin ein verpatzter Hundertvierundvierziger* – Anspielung auf den Schwangerschaftsabbruchparagraphen 144 (»Fruchtabtreibung«). Ende Oktober 1925 hatte der Oberste Gerichtshof beschlossen, daß fortan bei derartigen Verhandlungen medizinische Sachverständige gehört werden müssen, da es zuvor zu recht willkürlichen richterlichen Einschätzungen in der Frage einer tatsächlich vorhandenen Schwangerschaft gekommen war.

Bediene dich selbst!
Familie am laufenden Band in 15 Episoden.
Revue von Karl Farkas und Fritz Grünbaum. Uraufführung in den Wiener Kammerspielen am 26. Februar 1935.

Prinz von Wales – Gemeint der spätere englische König Edward VIII., der mehrmals Österreich besuchte, im Dezember 1936 auf seinen Thron verzichtete, die Amerikanerin Mrs. Wallis W. Simpson heiratete und als nunmehriger Herzog von Windsor im Ausland lebte.

Quisisana-Stätten – erste Selbstbedienungsläden nach amerikanischem Vorbild.

Kabarett Hölle

Mittags-Zeitung, 18. 4. 1922.

Hölle – Das Kabarett »Hölle« wurde am 7. Oktober 1906 im Souterrain des Theaters an der Wien von den Brüdern Natzler eröffnet. Die erste Vorstellung brachte Edmund Eyslers Operette »Phryne«, mit dem Libretto von Fritz Grünbaum und Robert Bodanzky zur Aufführung. Der Star des Lokals war bis zum Ende des Ersten Weltkrieges die stets von ihrem Mann Béla Laszky am Klavier begleitete Mella Mars. Als literarischer Mitarbeiter stand neben Grünbaum auch Wilhelm Sterk auf dem Programmzettel, als Conférenciers traten Egon Friedell und Rudolf Oesterreicher auf. Grünbaum findet sich neben Ralph Benatzky ab 1923 regelmäßig in der »Hölle« ein, die er kurzzeitig auch leitet und mit Farkas im »Programm der Attraktionen« conferiert. 1926 übernimmt Karl Farkas die Leitung des Lokals, und bei ihm treten nun Sigi Hofer, Christl Giampietro, Fritz Steiner und andere Kabarettgrößen auf.

Valerie Martens – s. o.

Küsse um Mitternacht

Die Bühne, Nr. 1, 6. 11. 1924.

Revue in 12 Bildern von Karl Farkas und Robert Katscher; Erstaufführung am 30. Oktober 1924 in den Kammerspielen, deren Direktor *Siegfried Geyer* war. Mit *Oskar Karlweis*, Karl Farkas, Gerda Maurus und *Fritz Schrecker.*

Oskar Karlweis (1894–1956) spielte in Wien hauptsächlich am Theater in der Josefstadt. 1938-45 Emigrant in Paris und New York, wo er gemeinsam mit Karl Farkas auf Exilbühnen und im Rundfunk auftrat.

Fritz Schrecker stand im Frühjahr 1926 mit Felix Fischers Revue »Liebesmagazin« auf der Neuen Wiener Bühne, wenig später mit Gisela Werbezirk in dem Schwank »Ida Poppers Karriere« im Oktober 1928 auf der Renaissancebühne, war aber vor allem an der ebenfalls von Direktor Emil Geyer geleiteten Neuen Wiener Bühne in der Wasagasse engagiert. Im englischen Exil wird er einer der wichtigsten Darsteller der Emigrantenbühne »Laterndl« sein und für den Deutschen Dienst der BBC tätig werden.

Hölle

Die Bühne, Nr. 2, 14. 11. 1924.

Karl Forest – Der Schauspieler Karl Forest (1874–1944), Bruder von Lina Loos, spielte ab 1917 am Deutschen Volkstheater, danach am Burgtheater und am Theater in der Josefstadt; trat auch in zahlreichen Kabarettszenen und Revuen auf.

Franzi Ressel – Die »drastische Diseuse«, wie sie von der *Bühne* im Herbst 1924 genannt wurde, trat in den zwanziger Jahren oftmals im Kabarett »Hölle« auf.

Halbwelt Wien I

Ludwig Hirschfeld, *Die Bühne,* Nr. 20, 26. 3. 1925.

»Die Reise um die Halbwelt in 120 Minuten«, Aktuelle Revue von Karl Farkas und Ludwig Hirschfeld, wurde am 31. März 1925 auf der Neuen Wiener Bühne uraufgeführt.

Er hat einen Onkel im Musenreich – Felix Salten, Verfasser der rührenden Tiergeschichte »Bambi« und vermutlich auch der respektablen »Josefine Mutzenbacher« war ein Vetter der Mutter von Karl Farkas.

Revue im Bürger-Theater

Hll. (Fred Heller) u. Karl Farkas, *Die Bühne*, Nr. 63, 21. 1. 1926.

»Journal der Liebe«, Revueoperette in 18 Bildern von Fritz Grünbaum und Karl Farkas, Musik: Egon Neumann. Mit Karl Farkas, Franz *Glawatsch* u.a. Die Revue wurde am 29. Jänner 1926 im Bürgertheater in der Vorderen Zollamtsstraße 13, Wien III, uraufgeführt.

Operette oder Revue?

Karl Farkas, *Die Bühne*, Nr. 76, 22. 4. 1926.

In zehn Tagen eine Revue

Die Stunde, 9. 10. 1928.

»Sie werden lachen«. Revue von Karl Farkas und Emil Schwarz, Musik: Fritz Lehner, mit Karl Farkas, Hans Unterkirchner, Max Brod u. a. Uraufführung am 11. Oktober 1928 im Neuen Wiener Stadttheater.

Alles aus Liebe

fr. (Fred Heller), *Die Bühne*, Nr. 152, 6. 10. 1927.

Revue in 50 Bildern von Karl Farkas und Ernst Marischka, Musik: Ralph Benatzky, am 30. Oktober 1927 mit Karl Farkas, Hans Moser, Sigi Hofer u.a. im Neuen Wiener Stadttheater uraufgeführt.

Ernst Marischka – (1893–1963), wurde ebenso wie sein Bruder Hubert (1882–1959, ab 1921 Mitdirektor, ab 1927 Besitzer des Theaters an der Wien) anfänglich als Revueproduzent, später als Regisseur und Produzent nostalgischer Wien-Filme (»Sissi«, 1955) bekannt.

Hans Moser – (1880–1964) trat bereits nach der Jahrhundertwende in Kabaretts wie den »Budapestern« auf. Seinen endgültigen Durchbruch erzielte er 1923 mit dem Sketch »Der Dienstmann« in der Farkas-Revue »Wien gib acht«, die den dreiundvierzigjährigen Dritten-Akt-Komiker über Nacht berühmt machte. »Eine Überraschung«, schrieb die *Stunde* nach der Premiere, »ist Hans Mosers Leistung. Dieser Episodist, dessen nun so seltene Begabung ganz im Wiener Volkstum wurzelt, hat in der Figur eines Dienstmannes und in einer sehr heiteren und witzigen Szene als Pompes funèbres-Arrangeur Gelegenheit, sein noch immer viel zu wenig gewürdigtes Talent zu zeigen.« Anton Kuh setzte dann dem grantelnden Dienstmann Hans Moser ein literarisches Denkmal und befand: »Man möchte nicht gern Herr bei so einem Dienstmann sein.«

La Jana – Schauspielerin, die in der Farkas-Marischka-Revue »Alles aus Liebe« mitwirkte.

Benatzky – Dr. Ralph Benatzky (1884–1957), Komponist, der im Kabarett »Simpl« bereits im November 1919 mit Grünbaum zusammenarbeitete, vertonte auch etliche Werke von Farkas und Grünbaum und landete mit der Operette »Im weißen Rössel« 1930 seinen größten Erfolg. Das Singspiel nach einem Lustspiel von Oskar Blumenthal und Gustav Kadelburg, bearbeitet von Hans Müller und Erik Charell, wurde ab 25. 9. 1931 auch am Neuen Wiener Stadttheater unter der Gesamtleitung von Hubert Marischka und der Regie von Karl Farkas aufgeführt. Farkas spielte darin die Glanzrolle des Sigismund Sülzheimer.

Passen Sie auf!

Fr (Fred Heller), *Die Bühne*, Nr. 157, 10. 11. 1927.

Aktuelle Revue von Karl Farkas. Musik: Robert Schwarz, Regie: Karl Farkas. Mit Karl Farkas, Sigi Hofer, Fritz Puchstein, Maria Waldner, Fritz Steiner. Premiere: 10. 11. 1927 im Kabarett »Hölle«.

Farkas-Grünbaum-Revue

Wiener Sonn- und Montagszeitung, Nr. 4, 28. 1. 1935.

Bediene dich selbst! Revue von Fritz Grünbaum und Karl Farkas. Musik: Fritz Kramer und Willy Kraus, Regie: Karl Farkas. Uraufführung: 26. 2. 1935 in den Kammerspielen.

Theater und Kunst

Wiener Zeitung, Nr. 79, 20. 3. 1936.

Was kostet Wien? Geschichten aus der guten alten Zeit in 12 Bildern, Revue von Karl Farkas und Fritz Grünbaum. Musik: W. Hahn, Fritz Kramer, Mitwirkende: Karl Farkas, Fritz Grünbaum, Franz Böheim, Fritz Puchstein, Rita Garden. Regie: Karl Farkas. Uraufführung 18. März 1936 im Bürgertheater.

Man neckt uns am Mars

Wiener Zeitung, Nr. 1, 1. 1. 1937.

Simplicissimus-Revue von Fritz Grünbaum und Karl Farkas. Uraufführung 31. 12. 1936.

Wir fallen aus dem Rahmen

A. B. W., *Wiener Zeitung*, Nr. 55, 24. 2. 1937.

Simplicissimus-Revue von Fritz Grünbaum und Karl Farkas, Musik von Robert Schwarz.

Stark östlicher »Humor«

Franz Hutter, *Völkischer Beobachter (Wiener Ausgabe)*, Nr. 62, 17. 5. 1938.

Vgl. auch »Gaunereien jüdischer Hetzkabarettisten«, in: *Der Samstag*, 24. 9. 1938.

Alle im Buch enthaltenen Texte sind vom Herausgeber originalgetreu übernommen.

Literatur

CSÁKY, MORITZ: Ideologie der Operette und Wiener Moderne. Ein kulturhistorischer Essay. 2. Aufl. Wien-Köln-Weimar 1998.

HAYBÄCK, EVA MARIA: Der Wiener »Simplicissimus« 1912–1974. Versuch einer Analyse des Kabaretts mit längster Bestandzeit im deutschen Sprachraum. Dissertation Universität Wien. Wien 1976.

KLOTZ, VOLKER: Bürgerliches Lachtheater. Komödie. Posse. Schwank. Operette. München 1980.

KOTHES, FRANZ-PETER: Die theatralische Revue in Berlin und Wien 1900–1938. Typen, Inhalte, Funktionen. Wilhelmshaven 1977.

MARKUS, GEORG: Karl Farkas – »Schau'n Sie sich das an«. Ein Leben für die Heiterkeit. Wien-München 1983.

OTTAWA, THEODOR: Nachts, wenn der rote Bulli erwacht. 16teilige Artikelserie, *Neues Österreich*, 16. 10. 1963 bis 15. 2. 1964.

OTTO, REINER/RÖSLER, WALTER: Kabarettgeschichte. Abriß des deutschsprachigen Kabaretts. Berlin 1977.

RÖSLER, WALTER (Hrsg.): Gehn ma halt a bisserl unter. Kabarett in Wien von den Anfängen bis heute. Berlin 1991.

VEIGL, HANS: Lachen im Keller. Von den Budapestern zum Wiener Werkel. Kabarett und Kleinkunst in Wien. Wien 1986.

VEIGL, HANS (Hrsg.): Karl Farkas – Ins eigene Nest. Sketches, Bilanzen, Doppelconférencen. Wien 1988.

VEIGL, HANS (Hrsg.): Fritz Grünbaum. Der leise Weise. Gedichte und Monologe aus dem Repertoire. Wien 1992.

VEIGL, HANS (Hrsg.): Gscheite & Blöde. Doppelconférencen. Karl Farkas mit: F. Grünbaum, E. Waldbrunn, M. Böhm u. a. Wien 1993.

VEIGL, HANS / DERMAN, SABINE: Die wilden zwanziger Jahre. Alltagskulturen zwischen zwei Kriegen. Wien 1999.

WEYS, RUDOLF: Cabaret und Kabarett in Wien. Wien-München 1970.

Bildnachweis

Abbildungen Seite 1, 21, 221 Archiv Hans Veigl
Abbildungen Seite 9, 81, 135, 149, 177, 197 Archiv Thomas Sessler Verlag, Wien